LE PASSAGE

DE LA

BÉRÉSINA.

II.

IMPRIMERIE DE MOISAND, A BEAUVAIS.

LE PASSAGE

DE LA

BÉRÉSINA,

PETIT ÉPISODE

D'UNE GRANDE HISTOIRE;

Par Émile Debraux,

AUTEUR DU VOYAGE A SAINTE-PÉLAGIE, ETC.

Sic voluëre fata!
Les destins le voulurent ainsi !

TOME SECOND.

PARIS.

DABO JEUNE, LIBRAIRE,

Rue Saint-André-des-Arts, n.° 71,

au coin du Passage du Commerce.

M. DCCC. XXVI.

LE PASSAGE

DE LA

BÉRÉSINA.

CHAPITRE PREMIER.

Sottises sur sottises.

« Qu'on est heureux,
» Qu'on est joyeux,
» Tranquille
« A Romainville ! »

Refrain populaire.

J'ARRIVE ici à l'une des plus grandes
sottises qu'il me soit jamais arrivé de
faire dans le cours de mon existence,
et c'est avec une sorte de répugnance
que je me vois forcé d'en faire le détail ;
je m'en serais très-volontiers dispensé,

2. 1

mais cette sottise ayant exercé la plus grande influence sur ma vie, il m'est impossible de la passer sous silence. Cette sottise est forte, et cependant je ne la crois pas sans excuse.

J'étais parvenu à cet âge d'effervescence où la nature physique fait entendre sa voix d'une manière impérieuse. On ne peut pas toujours se nourrir d'amour platonique : c'est un aliment si léger... Les sens parlent fortement, et ne leur résiste pas qui veut.

Que mes lecteurs aient la complaisance de vouloir bien se pénétrer de cette vérité de tous les temps et de tous les pays, qu'à l'exception de quelques individus, chez qui les sens restent toujours endormis, tous les hommes doivent éprouver, soit plutôt, soit plus tard, cette crise de passions, à laquelle il faut céder doucement, au lieu d'y opposer une résistance qui ne ferait que l'irriter.

Tel est un tronc d'arbre qui cherche à suivre doucement les bords d'un torrent écumeux qui le laisse bientôt sur le rivage, tandis que s'il se fut opposé à sa course tumultueuse, l'onde bouillonnante l'eût entraîné avec force, et brisé contre les rocs qui se trouvaient sur son passage ; tel...

Ah! ah! ah! (ne vous formalisez pas, cher lecteur ; c'est mon amie qui se permet de partir malhonnêtement d'un grand éclat de rire, en lisant pardessus mon épaule, le joli petit morceau poétique dont je viens de vous gratifier.)

« Je voudrais bien savoir ce qui donne à mademoiselle un si bel accès de gaieté.

— Rien du tout, mon ami; c'est une

toute petite remarque que je fais à peu
près pour la sixième fois.

— Et pourrait-on savoir ce que con-
tient cette remarque ?

— Oh ! mon Dieu ! oui, c'est que
toutes les fois que tu as une sottise à
raconter, tu commences par un traité
de morale bien ampoulé ; il me semble
entendre un enfant, qui, pour se justifier de ne pas avoir fait son devoir,
bredouille des paroles vides de sens,
pendant dix minutes, avant d'arriver
au terrible aveu.

— Ah ! mademoiselle, de l'épigramme, je crois ?

— Non, mon ami, de la vérité ; je
ne prétends pas cependant que ton petit
traité ne soit excessivement joli, surtout ta comparaison du torrent, qui
me semble fort belle : car tu sais que

l'on trouve toujours charmant ce que l'on ne comprend pas du tout.

— Mademoiselle, nous nous fâcherons.

— Oh ! cela ne m'effraie pas.... je saurai bien amener un raccommodement.

— Vraiment ! eh bien, je voudrais voir cela ; car je vous certifie que je suis très en colère.

— Eh bien ; je ne suis pas curieuse, je voudrais aussi voir ça. »

Elle l'avait bien dit, la traîtresse, qu'elle saurait amener un raccommodement ; elle a employé tous ses moyens de réconciliation ; et ces moyens sont si doux ! mais si doux !... Allez vîte vous raccommoder avec votre maîtresse, cher lecteur, et vous m'en direz des nouvelles, si toutefois vous êtes fâchés ensemble... Si, par hasard, vous

étiez de bon accord pour le moment,
ce qui serait vraiment superbe, vous
n'avez pas d'autre parti à prendre que
de vous fâcher tout de suite, et vous
verrez... Je ne vous dis que ça.

C'est une chose terrible que l'oisiveté !
je me suis laissé dire que c'était la mère
de tous les vices, à ce que rapporte le
proverbe ; et vous savez que les proverbes s'y connaissent. La vilaine ne
me quitta pas sans m'avoir fait cadeau
d'un de ses enfans. Il était cinq heures,
et je n'avais rien à faire avant l'heure
du coucher, et vous savez, cher lecteur, que l'on ne se couche pas de
très-bonne heure dans la capitale de la
France.

Il fallait tuer le temps ; c'est une
chose que l'on peut bien se permettre,
ce vieux monsieur là ne prend que
trop sa revanche : aussi commençai-je

à me gratter l'oreille, afin de trouver ce que je devais faire, et tout aussitôt, le génie du mal vint me souffler le mot électrique : Palais-Royal.

Palais-Royal! c'est la première chose qu'un provincial puisse voir, lorsqu'il se trouve à Paris : ce qui contribue singulièrement aux bonnes mœurs de sa ville, ou de son village natal, quand il y retourne. On y acquiert des connaissances.. superbes, dans de certaines choses que l'on ferait aussi bien d'ignorer ; et comme, par malheur pour notre pauvre espèce humaine, les mauvaises doctrines prospèrent plus facilement que les bonnes, ces maudites connaissances se propagent avec une rapidité, mais une rapidité!.... Ah! pauvres provinces! comme si vous n'aviez pas assez de vos ridicules, sans que l'on transplante ainsi chez vous les vices de la Capitale.

Cette réflexion ne me vint pas du tout, et ma foi, j'aime autant qu'elle ne se soit pas présentée à mon esprit ; car je vous assure, la main sur la conscience, que je crois fermément que la curiosité l'eût emporté sur la sagesse... ces choses là se voient quelquefois. Hélas ! on n'est pas jeune pour des prunes !

Après m'être informé de la route qu'il me fallait suivre pour y parvenir, je m'acheminai vers le palais du luxe et des plaisirs ; j'avais de l'argent, vous le savez ; et de l'argent, qui, j'en suis certain, ne m'avait pas été donné pour être dépensé là, j'en conviens ; mais que voulez-vous ? la force des circonstances... J'ai déjà eu l'honneur de vous parler de quelque chose dans ce genre là.... ainsi vous voudrez bien vous contenter de cette raison.

Que de monde ! m'ecriai-je , que d'êtres différens se rassemblent , et devraient être surpris de s'y rencontrer ; le vice et la vertu s'y donnent des coups de coude à chaque instant. Encore si l'on pouvait y placer une barrière entre le corrupteur et l'innocent.

Et immédiatement après cette tirade excessivement morale, et en attendant le moment qui n'arrivera pas de sitôt , où l'on fera la distinction que je viens d'énoncer , je m'amusai à dire des bêtises aux femmes sensibles qui se promenaient , sur la brune , dans les galeries. Elles étaient en fort petit nombre, l'heure du triomphe de ces demoiselles, n'était pas arrivée , les lumières ne brillaient pas encore ; et l'on sait que ces dames n'ont de l'éclat qu'à la chandelle.

« Psit , psit..... mon petit ; veux-tu me payer à dîner ?

— Eh ! parbleu, tu m'y fais penser ;
moi, je n'ai pas dîné ; et, morbleu,
ce n'est pas à mon âge que l'on oublie
cela.

— Viens, je te conduirai dans un
endroit où nous serons bien, je crois :
pas cher surtout ?

— Merci, je dîne tout seul. »

La réplique n'était pas de ces plus
polies, j'en conviens ; mais enfin, je la
fis, et l'on doit en conclure, que mon
intention, en venant au Palais-Royal,
n'était pas du tout d'y faire des sottises ;
mais...

Qui compte sans son hôte, compte
deux fois.

Que le diable emporte les proverbes !
je ne peux pas écrire une page, sans
fourrer une de ces niaiseries là. Allons...
allons, je tâcherai d'y faire attention.

Voyons un peu : où dinerai-je ? parbleu, puisque je suis en fonds, je veux faire un bon dîner ; autant de pris sur l'ennemi !

Aux Frères Provenceaux, Restaurateurs.

Montons ici.

Tout le monde connaît la somptuosité des restaurants du Palais-Royal ; donc il est inutile, il est même bourgeois d'avoir l'air de s'extasier de ce que tout le monde connaît. Voilà de l'impudence, ou je ne m'y connais pas... Pardon, cher lecteur, mais l'argent rend d'une impertinence, mais d'une impertinence.... C'est une belle chose que de l'argent.

> L'argent, chez les mortels, est le souverain bien ;
> C'est par lui qu'on arrive au but qu'on se propose :
> Avec un peu d'argent, un homme est quelque chose ;
> Un homme, sans argent, est un peu moins que rien.

C'est de Cailly qui a dit cela ; pas

trop bête! Il parait que son siècle ressemblait furieusement au nôtre.

Je montai donc aux Frères Provençaux, et là je me fis servir un diner de grand seigneur; cela me rappela le maigre ordinaire du collége de Chalons. Ce souvenir me conduisit à celui de Roch. Elnior était bien jolie; mais elle était femme, jeune, peut-être légère.; tandis que Roch.... mais restons-en là, je ne veux pas me brouiller avec les dames.

Ce n'est pas mauvais, pas mauvais du tout, des huîtres bien fraîches; ma foi, j'y pris goût, et la première douzaine fut, spontanément, suivie de deux autres.... douzaines, s'entend; lesquelles furent arrosées par un petit vin, que l'on me donna pour du Chablis, mais qui, dans tous les cas, valait mieux que l'*abondance* du collége. Je

suis sûr que vous n'aurez pas de peine
à me croire sur cet article là.

Pour l'instruction de mes frères de
la province, qui, par gourmandise, seraient tentés de m'imiter, je crois devoir donner ici la carte de mon diner;
c'est le meilleur moyen de leur faire
faire de bonnes réflexions.

Les Frères Provençaux ,
Restaurateurs.

CARTE DU N.º 5.

Trois douzaines d'huîtres......... 3ᶠ 60ᶜ

  (C'est une fameuse économie
que des huîtres !)

Demi-poularde................ 4 »»

  (Quatre francs, cela n'est pas
cher, elle était si grasse !)

Pâté de jambon pour un......... 2 50

  (Le morceau était *conséquent,*
j'en conviens.)

       *A reporter.......*10 10

Report......... 10 f 10 c

Salade de cœur de romaine....... 2   » »

(Je crois parbleu bien, la romaine, à cette époque, valait
jusqu'à trois liards la pièce !)

Dessert 2

(Il y avait quatre pruneaux,
une poire, une pomme, un bis-
cuit, des quatre mendians : c'est
pour rien !)

Vin de Chablis. 2   50

Vin de Champagne.............. 5   » »

Pour-boire du garçon 75
                                  ─────
TOTAL...... ...22   35

Pour un diner, vous conviendrez
que cela n'était pas cher, et que je me
faisais joliment honneur avec l'argent
du général ; j'aurais pu mieux l'employer, m'allez-vous dire, et vous avez
parfaitement raison, je n'en discon-
viens nullement ; mais faites-moi le

plaisir, monsieur le critique, de me dire si vous n'avez jamais fait de sottises? Heim... vous dites que non? tant pis pour vous; car il y a des sottises qui sont si jolies! mais si jolies!

Je n'étais pas habitué à des repas semblables à celui que je venais de faire; aussi ne tardai-je pas à m'apercevoir que la digestion ne s'opérait pas très-facilement chez moi, et je conclus, avec une sagacité tout à fait merveilleuse, que le moyen le plus simple qu'il me fut possible d'employer, pour la seconder, était d'envoyer à son secours une copieuse demi-tasse; et, sitôt cette idée lumineuse conçue, je m'occupai du choix, assez embarrassant, d'un café; je dis embarrassant, car mes lecteurs savent très-bien qu'il n'y en a que deux cent soixante dans le Palais-Royal... ce qui ne laisse pas que d'être une petite quantité assez raisonnable.

Un sabbat infernal, que j'entendis résonner sous mes pieds, vint me tirer d'embarras. « Ma belle enfant, » dis-je à une de ces demoiselles polies, qui sont toujours les premières à vous souhaiter le bonsoir, « pourriez-vous me dire d'où provient le bruit que j'entends là ?

— Tiens, c'est l'Sauvage.

— Ah ! c'est le Sauvage, c'est différent ; à la bonne heure. Et qu'est-ce que c'est que le Sauvage ?

— Eh ben ! est-y bête, c't'autr', qui n'sait pas c'que c'est que l'Sauvage ! Ah ! c'est qu'tu n'es pas de c'quartier-ci, p'têtr' ? Eh ben, mon garçon, l'Sauvage est un bon enfant, tout à fait genti, qu'a près d'cinq pieds ; et qui, tous les soirs, s'déguise avec un pantalon d'chair, une barbe d'sapeur, et des plumes sur sa tête d'dindon ; afin d'être en costume conséquent pour jouer avec un p'tit instrument d'bois, sur des tambours larges comme la marmite des Invalides, où y a une peau d'âne qui fait fameusement du train... Si tu veux m'payer un p'tit verre, nous allons descendre au café des Aveugles, où y a quatre musiciens qui jouent du violon, sans y voir clair, comme des sourds; et une fière chanteuse, qui vous chante le château d'Elvire, avec des entortillemens d'musique, qu'ça vous fait dresser les ch'veux... C'est superbe! Viens, tu verras ça...

— Merci, j'irai tout seul; » fut la réponse laconique que je fis à la volumineuse explication que je venais de recevoir; et je descendis au café des Aveugles.

J'e choisis une petite table, dans un tout petit coin, et là, en dégus-

tant le mauvais café que l'on venait
de me servir, je commençai avec
des yeux, qui pourtant n'y voyaient
pas trop clair, un petit cours d'obser-
vations sur les objets qui m'environ-
naient.

En face de moi, est une table occu-
pée par cinq personnes, deux jeunes
gens, et trois de ces aimables personnes
qui semblent avoir pris à tâche de
faire... du repentir, la vertu des mortels; un large bol de punch brûle sur
la table, et nos jeunes gens y font de
fréquentes visites.... Autant que j'en
puis juger, les têtes commencent à s'é-
chauffer; car les éclats de rire se font
entendre à des intervalles très-peu éloi-
gnés.

Or, c'est ici, cher lecteur, que commencent mes infortunes, ou si vous
l'aimez mieux, mes sottises..... je ne

tiens pas aux qualifications ; et vous
allez voir combien la sagesse des
hommes tient à peu de chose , surtout
quand ils ont avalé une bouteille de
Champagne , pour compléter leur dîner... Et puis après cela , allez donc
boire de ce coquin de Champagne !

Vous devez vous rappeler , sinon je
vous rappelle , que je portais encore
l'uniforme du collége de Châlons , uniforme d'une élégance tout-a-fait Champ-
noise , mais qui , par malheur , n'était
pas dans ce moment là de mode à
Paris , attendu que cet uniforme avait
une tournure Française , et que les
tailleurs de la Capitale, qui sont, comme
on le sait , des dictateurs suprêmes ,
en fait de bon goût , avaient décidé à
cette époque là , qu'on ne pouvait passer pour un vrai Français, qu'en portant un pantalon Russe, un habit An-

glais, des bottes Prussiennes, un gilet
Suédois et un chapeau Américain.. Or,
je n'avais rien, absolument rien de
tout cela ; or j'avais l'air d'un je ne sais
qu'est-ce ; or, mademoiselle Atala,
l'une des trois voisines dont j'ai eu
l'honneur de vous parler, se mit à
rire en me voyant... or, elle dit à l'un
des jeunes gens : « Tiens, regarde donc,
Eugène... de quel régiment ce monsieur porte-t-il donc l'habit? » Or, Eugène s'écria : « Et mais, c'est l'habit
de collége de Châlons. » Or, je reconnus sa voix, et je m'écriai à mon tour :
« C'est Eugène ! » Ce à quoi il me répondit en me sautant au cou... ce qui
fut cause que je quittai ma table pour
passer à la sienne ; ce qui fit que... Et
voilà comme ici-bas tout s'enfile.

On devine aisément qu'il fallut que
je racontasse mes aventures ; mais

comme parler dessèche le gosier, on
fit venir un second bol de punch, dont
on me versa abondamment, et de telle
sorte que lorsque j'eus fini mon récit,
dans lequel je passai tout-à-fait le nom
d'Elnior, sous silence, la tête me tour-
nait... et... et... et... je fis comme les
autres...

Nous reconduisîmes ces demoiselles
à leur domicile : c'était notre devoir ;
car il était fort tard, et elles auraient
pu être insultées. J'espère que voilà de
la délicatesse... Ces demoiselles en furent tellement reconnaissantes, qu'elles
nous invitèrent à souper ; refuser ce
qui était offert de si bonne grâce, eût
été malhonnête.... nous acceptâmes.

Cette petite Atala est vraiment gentille! Quel dommage disait la raison...
quelle jolie bouche, disait le diable!..
et le diable.. le diable.. ah! mes frères,

qu'il est malin ! je ne suis pas du tout étonné qu'il ait fait faire des sottises à notre grand'mère Eve : ce coquin là sait si bien vous retourner.

Atala me lutina, me cajola.. je crois qu'elle me chatouilla même ; et moi , je suis si chatouilleux... que ma foi...

Ah! quelle horreur !... hélas! oui , c'est une horreur..... mais il y a quelquefois des horreurs qui sont bien amusantes... tirons le rideau là-dessus.

Il était dix heures quand nous nous réveillâmes... la tête lourde et le ventre creux ; le soleil brillait de tout son éclat. « Parbleu! s'écria Eugène en sautant au bas du lit , et en se frottant les yeux : il fait un temps superbe! si nous allions déjeûner à Romainville ?

— A Romainville ! m'écriai-je encore plus fort que lui. — A Romainville! répétèrent en chorus nos trois compagnes. » Et là-dessus , nous envoyâmes chercher des voitures..... Il n'en vint qu'une par la raison infiniment simple que l'on n'en trouva pas davantage ; n'importe , nous nous y entassons , et nous voilà partis.

Ce n'est pas du tout une chose superbe qu'un fiacre dans lequel on s'embarque six d'emblée , fut-on aussi maigre que Potier dans le ci-devant jeune homme ; et je ne crois pas qu'il soit possible de se faire une idée juste de notre position , si ce n'est en regardant l'intérieur de ces petits tonneaux , dans lesquels on entasse les sardines ; si c'était près d'une jeune et jolie maîtresse que l'on se trouvât ainsi *plaqué* , passe encore ; mais avec ces complaisantes demoiselles qui nous écrasaient de leur rotondité , la chose n'était pas du tout plaisante , et nous n'eûmes pas le courage de rester dans notre berline, plus loin que la barrière du Temple, quoique nous eussions payé pour être guimbardés jusqu'à Romainville.

Nous voilà donc à pied, bras dessus, bras dessous., et nous acheminant vers ce bois charmant, *idole des amans* : la rime n'est pas des plus justes, je le sais; mais le sentiment ennoblit tout.

- On rit, on chante, on pince, on court les uns après les autres, on fait deux fois plus de chemin qu'il ne faut; on est couvert de poussière depuis la tête jusqu'aux pieds; mais n'importe, on s'amuse, ou l'on croit s'amuser, ce qui revient à peu près au même; et l'on arrive.

Voilà la ferme de Romainville. Il est midi, on a fait une bonne course, le déjeûner vient à propos... on le sert, il n'est pas mauvais; il ne coûte pas plus

cher que dans tout autre endroit de la
Capitale, où rien n'est à bon marché ;
mais comme le vin n'y paie pas d'entrée, on ne le fait payer aux consom-
mateurs que trente sols la bouteille :
c'est une véritable économie, ou je ne
ne m'y connais pas.

Si j'étais un Grimod de la Reynière,
ou même tout bonnement ce bon M.
de Périgord, qui vient de nous ressusciter le vieil almanach des gourmands,
je ne laisserais pas échapper l'occasion
de vous détailler le menu de notre déjeûner ; je ne vous ferais même pas
grâce d'un radis ; mais je suis aussi
loin de ces illustres personnages que
Galimafrée l'est de Perlet ; et je me
contente, en fait de gastronomie, de
vous avoir donné la carte de mon dîner
de la veille... je ne veux pas exciter
l'envie de ceux de mes lecteurs qui

2. 3

vont tous les dimanches à l'un des bast. ingues qui avoisinent les barrières, déchiqueter le morceau de veau rôti de quinze sols, manger la giblotte de douze, la salade de dix, et avaler le pot de vin du cru, à six sols... Oh ! je sais ce que c'est que les procédés !

Un verre de vin soutient l'homme : c'est un proverbe aussi vieux que le monde ; mais, comme on a la malheureuse faiblesse d'abuser au lieu d'user, il arriva qu'au lieu d'être soutenus par le jus de Bacchus, nous eûmes toutes les peines du monde à le soutenir, et nous nous retrouvâmes *in statu quo ante* ; ce qui veut dire dans le même état qu'auparavant ; car enfin tout le monde n'est pas obligé de comprendre ce maudit latin, que j'ai la rage de mêler dans tout ce que j'écris. Excusez, mais on ne sort pas d'un collége aussi fameux que celui de Châlons, sans en rapporter quelques bribes.

Le vin faisait son effet, nous déraisonnions à qui mieux, mieux. « Qu'est-ce que tu m'as donc conté hier ? me dit Eugène ; que tu avais une petite maîtresse jolie comme les amours, qui t'attendait tous les matins ? eh bien, elle a le temps d'attendre ! tant pis pour elle : elle n'avait qu'à venir avec toi ; tu es un bon enfant, toi, je t'aime. »

Le discours d'Eugène fit sur moi l'effet d'un coup de foudre..... Elnior, irritée contre moi, et avec raison, s'offrit à mes regards... j'étais ivre encore ; mais le voile était déchiré... Je me levai du mieux qu'il me fut possible.

« Eh bien, ou vas-tu donc ? me cria mon ivrogne d'ami... ne penses donc plus à ta belle, c'est une mijaurée : reste avec nous, nigaud.......

Où.... où... peut-on être mieux ?

— Non, non! dis-je avec impatience.

— Eh bien, dit-il, allons, ne te fâche pas, tu es un ami.... là.... comme on n'en voit guère... Je ne te quitte pas, vois-tu ; tu ne pourrais pas te soutenir en route ; tu es dedans, mon ami ; tu es dedans tout-à-fait, c'est moi qui te le dis : mais, sois tranquille, nous laisserons ces dames ici... et fouette, cocher ; c'est dit... Hola! eh, la bourgeoise, le compte. Sois tranquille, mon ami, je te conduirai. »

Joli conducteur que j'aurai là, il est hors d'état de se soutenir lui-même ; si nous arrivons sains et saufs, nous aurons du bonheur.

On apporta le compte. « Voilà, dit-il. Quant à vous, jolies, belles femmes, désolés de vous quitter ; mais les amis, voyez-vous, sont des amis ; et les amis, avant tout..... Voilà pour votre complaisance, et nous nous reverrons. »

Nous voilà partis. Après bien des zigzags, nous arrivâmes, en nous prêtant tous trois un mutuel appui, à Belleville, devant l'île d'amour, et là, nous trouvâmes une voiture : Dieu sait si cette trouvaille nous fit plaisir...

« Notre bourgeois, où faut-il vous conduire ?

— A Paris, rue de Marigny : vas vîte, et tu seras bien payé.

— Diable! s'écria Eugène, rue de Marigny? Sais-tu que ta belle loge là dans une belle rue... C'est quelque femme de chambre, ajouta-t-il, qui t'aura attrapé : ça veut se faire passer pour une vertu personnifiée ; et toi, mon ami, tu donnes là-dedans. Si j'étais à ta place, je brusquerais l'aventure, et je t'assure que tu ne t'en trouverais pas mal.

— Comment ?» dit à Eugène, l'autre mauvais sujet qui nous accompagnait, « Est-ce que ton ami file le parfait amour ? Ah ! ah ! la plaisanterie n'est pas mauvaise... »

J'étais piqué, mais piqué....

L'espèce de balancement que l'on éprouve dans une voiture n'est pas du tout favorable à la digestion, surtout quand l'estomac est trop chargé ; aussi quand nous arrivâmes à la rue de Marigny, ma tête était brûlante, mon visage en feu, mes yeux distinguaient à peine les objets, mes jambes étaient mal assurées ; en un mot, je présentais tous les symptômes de l'ivresse la plus complète ; et ce fut dans ce bel état, que j'osai penser à rendre visite à Elnior. Que les hommes sont bêtes quand ils ont bu !...

Je laissai mes compagnons dans la

voiture, en les priant de m'attendre, et je marchai d'un pas très-décidé vers l'hôtel... Quelle heure pour s'y présenter! J'eus cependant encore la présence d'esprit de réunir toutes mes forces, pour ne pas aller de travers dans le peu de chemin qui me restait à parcourir, et pour ne pas balbutier devant les gens d'Elnior. Je fus assez content de moi.

A mon nom, toutes les portes s'ouvrirent comme la veille, et je parvins au cabinet de la plus jolie des femmes; mais en l'ouvrant, le peu de présence d'esprit que je cherchais à conserver, m'abandonna, et je fis, pour aller joindre Elnior sur son canapé, un joli petit zigzag qui pouvait équivaloir au tour de la chambre; mais j'arrivai sans tomber, ce qui me parut superbe.

Elnior, stupéfaite, me regardait. « Ah! mon Dieu! » s'écria-t-elle avec

une expression douloureuse ; et elle
sonna avec violence.

A ce signal, parut un grand laquais
qui en aurait quasi mis deux comme
moi sous chacun de ses bras.

« Conduisez monsieur dehors , lui
dit-elle avec agitation ; qu'il s'en aille ;
mais surtout ne le maltraitez pas. »

Le grand laquais s'inclina.

« Quant à vous , monsieur , ajouta-
t-elle avec dignité, après ce qui s'est
passé, vous voudrez bien oublier que
vous m'avez connue ; et lorsque la raison vous sera revenue , souvenez-vous
que vous m'avez fait bien du mal , que
je vous le pardonne , mais que je ne
me pardonnerai jamais à moi-même de
vous avoir cru digne de ce que je voulais faire pour vous. »

Où était ma tête ? Où était mon
cœur ?

Elle me dit ces mots avec un accent
pénétré ; je suis sûr qu'une larme brillait dans ses yeux ; et moi, au lieu de
tomber à ses pieds, d'implorer mon pardon, moi, je me mis à rire... Elle joi-
gnit une seconde fois les mains, et se
sauva dans son cabinet, tandis que je
fus entraîné par celui qu'elle avait
chargé de me faire entrer dehors.

Il ne le fit pas très-poliment, autant
que j'en aie souvenance ; il me sembla
même qu'il me poussait par les épaules
pour me faire passer la porte... cependant, je ne répondrais pas du fait ; mais
ce dont je suis parfaitement certain,
c'est qu'en sortant je fis une pirouette,
et j'allai tomber dans un fossé de l'autre
côté de la rue.

Je me relevai en chantant. Est-ce
là de la philosophie ? et je regagnai notre voiture, en ayant la précaution de

me reposer à chaque arbre. Les amis
rirent beaucoup en me voyant couvert
de poussière et de feuilles sèches. Ils
voulurent savoir ce qui m'avait mis
dans ce bel état ; mais il ne leur fut pas
possible de m'arracher une parole. La
machine était démontée, et au bout de
deux minutes je m'endormis.

Quand je m'éveillai, j'étais couché,
et le jour tirait à sa fin ; mon sommeil
avait été assez paisible, et cela m'avait
fait du bien ; mais le sentiment de mes
sottises me revint avec la raison ; je fus
effrayé de ce que j'avais fait, et je pleu-
rai... A mon âge on pleure encore facilement, et cela soulage.

J'étais dans un hôtel garni, rue St.-Ho-
noré, où Eugène m'avait deposé, en
payant pour mon coucher. Je lui sus
gré de cette attention.

Je me mis sur mon séant pour réfléchir commodément à ma position, et je commençai par faire la revue de mes finances : il me restait sept francs cinquante centimes, tristes débris de ma splendeur première, et résidu un peu sec de quatre-vingt francs que j'avais en poche, la veille, en sortant de chez Elnior.... Hélas! les jours se suivent et ne se ressemblent pas.

J'entrai dans une colère épouvantable contre moi, quand je vis le maigre état de ma bourse; je me donnai trois coups de poing solidement appliqués, et je me saisis une poignée de cheveux, que je ne tirai cependant pas aussi fort que je l'aurais pu, attendu que la douleur me fit lâcher prise.

J'avais besoin de prendre un peu l'air pour dissiper les sombres idées qui m'assaillaient, et je quittai l'hôtel où j'avais trouvé quelques heures de repos, pour aller respirer le frais de la nuit.

J'errai çà et là dans Paris, mais ce ne fut plus avec le même plaisir que la veille; mes pensées avaient pris une direction beaucoup plus rembrunie; je me rappelais ces dernières paroles : « Souvenez-vous que vous m'avez fait bien du mal, que je vous le pardonne; mais je ne me pardonnerai jamais à moi-même de vous avoir cru digne de ce que je voulais faire pour vous. » Oh ! ces mots là, ils étaient gravés dans mon cœur d'une manière ineffaçable... Ils me tourmentaient, en me rappelant que je m'étais refusé à moi-même la route de tous les bonheurs possibles.

C'est un poids bien lourd, bien insupportable, qu'une infortune méritée; et ce poids me tombait sur le cœur, et me poursuivait partout.

Le jour parut. J'étais à une barrière ; comment y étais-je venu ? je n'en sais rien.... cette barrière était celle de Sèvres. J'étais mal à mon aise ; j'entrai dans une bicoque ; je demandai un morceau ; je mangeai, je bus, sans appétit et sans soif : les fonctions physiques s'exécutent concurremment avec les fonctions morales, et mon pauvre cœur était si malade !...

Mon hôte vit ma pâleur et ma souffrance... C'était un brave homme, que ce cabaretier là ; il n'était pas né pour son état ; il avait été destiné, dans son enfance, à l'église : mais il crut qu'un fusil valait mieux qu'un rabat, quand les Prussiens se permirent de venir croquer des dragées à Verdun ; et il alla leur envoyer des pralines en plomb, qui les dégoûtèrent de la France. Mais comme tout n'est pas roses dans ce

monde, le soubresaut d'un boulet fra-
cassa la cuisse du nouveau défenseur
de la patrie... Cette blessure lui donna
les Invalides; et comme notre homme
se sentait encore alerte et vigoureux,
il ouvrit un cabaret... Fi! un cabaret!
s'il se fut mis laquais, portier, con-
cierge de quelqu'Excellence, passe; mais
tenir un cabaret, l'horreur!... Je ne
vous parlerai pas de cet homme là.

« Mon cher enfant, me dit-il, vous
avez grand besoin d'un lit, et vous ne
me le demandez pas, peut-être faute
d'argent... moi, je vous en offre un ;
car je ne voudrais pas, pour économi-
ser un misérable blanchissage, qu'un
pauvre garçon souffrît devant moi ?»

Je le remerciai de son offre obli-
geante; je le tirai d'erreur sur la situa-
tion beaucoup trop précaire où il me
supposait : il ne s'était pourtant pas

trompé de beaucoup, le cher homme;
et j'acceptai son lit.

J'en avais réellement besoin : le chagrin, la débauche, la fatigue, s'étaient
réunis pour altérer ma santé; et je
trouvai, en me regardant dans une
jolie glace d'un demi-pied de large sur
trois pouce de long, que j'avais effecti-
vement bien mauvaise mine.

L'aubergiste du Grand-Vainqueur,
telle était son enseigne, me fit chauffer
une demi-bouteille de vin, me la su-
cra, me força de l'avaler quand je fus
au lit, me rejetta la couverture sur le
nez quand j'eus fini, et je m'endormis.

« J'aime l'aubergiste du Grand-Vainqueur, dit ici mon amie; pardon si je
vous interromps, mais je présume que
votre chapitre est fini : ainsi, pas d'in-
convénient à vous parler.

— Du tout, mademoiselle, mon chapitre n'est pas fini ; vous savez bien que nous sommes convenus que vous m'embrasseriez chaque fois que je finirais un chapitre, ainsi....

— Moi, je ne suis pas convenue de cela du tout.

— Vous n'avez rien dit quand je l'ai proposé : qui ne dit mot, consent.

— Emile, laissez - moi ; parlons raison. Non, je ne veux pas.

— Je vous cède ; mais songez bien , mademoiselle, que si Elnior n'avait pas dit comme vous, je ne veux pas, je n'aurais pas été courir la prétantaine avec Eugène et mademoiselle Atala...

— Fi ! que c'est vilain, monsieur ! j'entends bien ce que vous voulez dire... Ah ! mon Dieu, mon Dieu ! que les femmes.... sont.... heureuses !.. »

Je crois que, dans l'origine, mon

amie voulait dire : « Ah! que les femmes sont malheureuses! » mais sa langue tourna : ne me demandez pas pourquoi, je ne vous le dirais pas.

———————

CHAPITRE II.

Je retrouve Roch.

« Nos Grenadiers, c'est pas l'embarras,
« Ce sont encore de fameux soldats. »

ODRY.

« Eh ! oui, ventrebleu ! papa, c'est mon ami, mon plus grand, mon meilleur ami ; allons donc, garçon, réveille-toi donc?..morbleu ! tu dors là comme une poule mouillée ; réveille-toi, embrassons-nous, et conte-moi bien vîte comment il se fait que je te retrouve à Vaugirard ? »

Je me frotte les yeux, en bâillant, je les ouvre le plus que je peux, et je

distingue mon aubergiste avec un grand
chenapan de cinq pieds six pouces, la
tête surmontée d'un énorme bonnet à
poil, et porteur d'une paire de moustaches qui lui dépassaient chaque joue
de la longueur d'un cornichon.

Je ne connais pas ces gens là, moi...
ils m'impatientent, et je jure comme un
payen... si toutefois les payens jurent
plus que les chrétiens, ce dont je ne
suis pas sûr, et dont je doute fort.....
car j'ai connu des chrétiens qui juraient, mais qui juraient!....

« Allons, sacrebleu! lève-toi donc...
— Allons, je te dis que tu m'embêtes...
j'ai envie de dormir.... va te coucher
toi-même, et fiche-moi la paix. »

On voit que j'avais monté mon dia-
pason au niveau de celui de mon interlocuteur; et après avoir prononcé ces
paroles énergiques, je fais un quart de

circonvolution, et je leur tourne.... ce
que vous savez bien. Bonsoir la compagnie..... pour cette fois, j'espère dormir en repos... Oui, je t'en souhaite...
cric crac.... Oh! pour le coup, c'est
trop fort! Figurez-vous, cher lecteur,
que l'on a tiré le matelas sur lequel je
repose, hors du lit ; on l'a penché, et
je roule en chemise sur le carreau.....
Me voilà le derrière à la fraîche.

Un jeune homme qui a des principes,
doit prendre fait et cause *unguibus et
rostris* toutes les fois que son postérieur
est compromis, et certes le mien l'avait
été beaucoup en cette circonstance.

Je vais donc venger mon postèr.....
n'importe sur qui... Je fais un bond ;
me voilà sur pied, en chemise, et les
deux poings fermés : gare au premier
que je rencontre !...

Diable! mais c'est que ce premier qui

se rencontre, est justement ce grand diable à moustaches dont je vous parlais... au fait, ça m'est bien égal, si je ne suis pas le plus fort, je serai le plus adroit : pan.....

Pan... mon poing frappe en l'air, par une raison infiniment simple : c'est que l'homme à moustaches, qui s'est douté qu'un coup de poing asséné de la manière dont j'y allais, ne devait pas être quelque chose d'excessivement agréable à recevoir, m'a saisi par le bras. Et voilà comment les choses qui paraissent les plus extraordinaires, s'expliquent tout naturellement...

« Mais à qui diable en as-tu donc aujourd'hui, Emile, » me dit l'homme qui me tenait ; et de la main qu'il avait de libre, il ôta le bonnet à poil sous lequel on ne lui voyait que le bout du nez : « Est-ce que tu ne reconnais pas ton ami Roch... sacrebreu ? »

Roch... A ce nom, je tournai la tête, je le regardai, je le reconnus, et je lui sautai au cou.

« Ce cher Emile, disait-il en m'embrassant coup sur coup, ce cher Emile, quel plaisir de le revoir !... » J'aimais bien ses embrassades, il y allait de si bon cœur... mais ces chiennes de moustaches... oh ! bah ! je finis par en rire moi-même.

« Hola, eh ! vieux gargotier, vîte un pot et deux verres ?

— Voilà, monsieur.

— Arrive, toi, et mets-toi là. » Et d'autorité, il me planta le postérieur sur une chaise, qui me fit ressentir un diable de picotement...

« Mais, mon ami ; je suis en chemise...

— Qu'est-ce que ça me fait...

— Mais s'il entrait quelqu'un ?

— Qu'est-ce que cela me fait ? cette chambre d'ailleurs n'est point publique, et le premier à qui cela ne plairait pas, je ne lui conseillerais pas de me le dire.

On a parbleu bien le temps de s'amuser à mettre sa culotte, qnand on retrouve un vieil ami, disait-il en grommelant entre ses dents ; je crains bien que tu ne sois devenu un petit monsieur ?... »

Je l'assurai du contraire, en lui serrant la main avec une cordialité qui lui fit plaisir.

« C'est ça, nom d'une bourique ; à la bonne heure, buvons. »

En buvant : « bon, dit-il, ce petit vin là, bon, et le marchand, un brave homme... » Quant à cet article là, je joignis ma voix à la sienne, et lui racontai la manière dont j'avais été reçu dans cette auberge.

« Bon , bon, répéta-t-il, excellent..
C'est du bourgeois que je parle, sacre-
dié ! il faut qu'elle boive un coup avec
nous, cette vieille tête à perruque. » Et
d'une voix qui eût fait éclater les vi-
tres de la maison, si elles ne l'eussent
pas été déjà depuis longtemps , il appela
l'aubergiste qui monta sur-le-champ.

Il avait les manières expéditives,
l'ami Roch ; je vous l'ai dit il y a longtemps... Il planta le brave homme sur
une chaise , et lui versa à boire, plein
son propre verre....

« Tiens , mon ancien , il faut que tu
me fasses le plaisir de boire ça, et preste
encore ! c'est pour te remercier de la
manière dont tu as traité ce garçon là....
Allons , vîte , avale , et dépêche-toi ,
car c'est mon verre que tu tiens , et j'ai
une soif de tous les diables. »

« C'est bien , dit-il, une minute

après... Tu siffles joliment un verre de vin ; en te remerciant , mon ancien..... A présent , tu peux t'en retourner à ta gargote.... et laisse-nous causer de nos affaires. »

« Ah ça luron , » me dit-il alors, en me donnant sur l'épaule une tape à me démonter le bras, « conte-moi un peu tes fredaines, que je sache pourquoi je te trouve seul ici , et si loin de Châlons et de Sommelone ?

— Commence , lui dis-je , et je te conterai mon affaire après.

— Comme tu voudras ; mais , tiens, buvons d'abord un petit coup ; quoique je n'aie que deux mots à te dire , vois-tu, je ne peux pas dire deux mots de suite , sans boire : il n'y a rien qui m'altère comme de parler. »

Nous bûmes, ce qu'il appelait sans doute par modestie, un petit coup, et

le pot se trouva vide ; il le fit rémplir ;
alluma sa pipe, et me conta ainsi, ce
qui lui était arrivé depuis notre sépa-
tion.

« Ma foi, je me suis toujours senti
du goût pour l'état militaire.... à mon
avis, il n'y a rien au-dessus de cela....
on se cogne, on boit, on chante, on
rit, on saute, on frotte les Prussiens,
on souffle les maîtresses aux Allemands,
on fait crier *goddem* aux Anglais.....
je n'ai jamais rien vu d'aussi amusant.

» Tu te rappelles sans doute notre fameuse affaire des Barricades... j'avais
joué là-dedans, tu le sais, un rôle un
peu scabreux ; et je t'avouerai franchè-
ment que je n'osai pas retourner chez
ta mère... la pauvre chère femme était
si braillarde ! pas méchante, au fond,
mais braillarde, braillarde!.... Buvons
un coup!... J'étais fort embarrassé... je

n'avais pas le sou..... et dans cette France, beau pays pourtant... mais quand on n'a pas d'argent...

» J'avais soif, c'est une maladie qui ne m'a jamais quitté depuis ; j'entrai dans une auberge, à deux lieues de Châlons. Buvons un coup... Je demandai un pot... psitt... j'avais si chaud... je n'en fis qu'un trait... j'en redemandai un second... je le bus ; mais je ne m'en trouvai pas plus riche... Je me grattais le front, ne sachant comment faire, quand je fus tiré d'embarras par un vieux raccoleur qui buvait son demi-pot, en face de moi, et qui m'observait depuis une demi-heure.

» Il me demanda si quarante francs me feraient plaisir... Quarante francs ! je me serais donné pour quarante sous.. mais je ne dis rien... j'avais affaire à un malin.... je redressai la tête, et je

lui demandai insolemment si c'était à
un homme comme moi que l'on offrait
quarante francs.... Bref, le vieux coquin doubla la somme, et je signai mon
engagement... Buvons un coup...

»Je mangeai mes quatre-vingts francs,
dans la journée, avec mon recruteur,
qui était ma foi un bon garçon.... le
pauvre diable! il avait perdu un œil à
Aboukir, un bras à Marengo, une
jambe à Arcole, une oreille à Lodi; et
pour tout cela il avait été nommé caporal.... caporal seulement, morbleu!... il fut emporté à Austerlitz ..
Buvons un coup à sa santé... à sa mémoire, veux-je dire.

» Depuis, j'ai traîné mon palanquin à
droite, à gauche... les balles ont sifflé
souvent à mes oreilles; mais il n'en est
pas encore arrivé à mon adresse....
pourtant je te réponds que je ne les

évite pas... et me voilà dans ce moment, dans un intervalle de repos, ce dont bien j'enrage ; mais ce qui, j'espère, ne durera pas, car nous avons à notre tête un luron, qui ne nous laissera pas moisir... Buvons un coup à sa santé.

— Comme tu voudras.

— A la santé de nos généraux !...

— Ça va, morbleu! et de tout cœur, encore... »

— Ah ça, à ton tour, garçon. Holà, eh ! un pot ! »

Il m'écouta attentivement, et n'oubliant jamais de se rafraîchir le gosier, et de me verser à boire régulièrement de cinq minutes en cinq minutes.... C'est un homme d'une bien grande prévoyance, que l'ami Roch...

Je lui contai tout... tout... sans rien lui déguiser : Roch était mon ami, mon camarade d'enfance, mon

frère, et j'avais besoin d'un confident...
cela soulage l'homme ; et j'ai toujours
oui dire que des peines partagées per-
daient beaucoup de leur acrimonie.
Qu'en dites-vous, cher lecteur ?

Quand j'eus fini mes petites fredaines , il ôta gravement sa pipe, dont il
m'avait envoyé généreusement de larges bouffées à la figure, pendant mon
récit... il s'essuya la bouche avec un
verre de vin, et me dit avec le plus
grand sang-froid du monde.

« Ta Jeannette est une bonne fille ,
mais un peu bête; mademoiselle Fifine
est bonne enfant, mais c'est une mar-
got ; ton Elnior est une sotte ; et ton
Atala une.... rien n'est plus juste...
Ton Eugène est un petit bêlat, qui
mange son argent avec des filles... tu
n'as pas besoin de cette connaissance
là... Ton général O.*** est, ce que tous

nos généraux sont , un brave homme, un bon vivant... ce qu'il a fait pour toi , j'en suis touché. ... Buvons un coup à sa santé... Garçon , du vin ! » Ton Elnior est une piegrièche, qui ne mérite pas un brave garçon comme toi... Belle idée qu'elle avait là de vouloir faire de toi un officier de protection ! belle drogue que tout ça... si tu savais comme on regarde ces gens là à l'armée... Il est fort heureux que tu n'aies plus le sou ; tu feras un excellent soldat, c'est moi qui t'en réponds ; et, dès ce soir, tu n'as rien de mieux à faire que de prendre l'uniforme. Qu'en dis-tu ?

— Tope là , morbleu ! répondis-je.

— C'est ça , jarnicoton ; laisse-moi là tes princesses de coulisses : ça n'vaut rien pour des jeunes gens , ces femmes là... Un bon fusil , la goutte , et des cantinières ; n'y a pas de régime qui vaille celui-là... et je t'en réponds... Buvons un coup... »

Je commençais à me monter la tête, et Roch encore plus... « Ma foi, me dit-il en se levant.... viens-t-en de suite trouver mon colonel ; et nom d'une bourique, ce sera une affaire dans le sac. » Et il me tirait par le devant de ma chemise, en m'entraînant vers la porte, sans faire attention que je n'étais pas du tout en costume de visite. La maudite porte s'ouvre, une femme paraît sur le seuil. Tableau...

« Ah ! c'est Fanchon, dit Roch, en lâchant ma chemise : entre... — Ah bien, oui ; attends.... » Elle avait poussé un petit *ah* de surprise, et elle était déjà en bas de l'escalier.

« Eh bien, qu'a-t-elle donc, dit-il en se versant à boire ?

— Eh, vois donc ma chemise, répondis-je en riant...

— Sacrebleu! c'est vrai; moi qui n'y pensais pas; attends un moment, garçon, dit-il, je vais la chercher: c'est ma Jeannette, à moi, bonne fille tout-à-fait; mais le saisissement, vois-tu... C'est égal, nom d'une bourique, j'vas la faire revenir, ou ça s'passera mal. »

Une minute après, il arriva avec sa Fanchon. « Entre donc, dit-il, et n'aies pas peur : c'est mon ami, mon meilleur ami, et ta pudeur de garnison peut être fort tranquille. »

C'était le premier mouvement qui l'avait fait sauver, car la gaillarde n'était pas timide, je vous le certifie; malgré cela, elle était assez gentillette : elle avait un petit minois chiffonné, un petit nez retroussé, en un mot, un certain je ne sais quoi, qui n'était nullement désagréable... Je le remarquai sur-le-champ, et vous savez que je suis amateur.

« Commence, lui dit-il, par embrasser bien vîte ce gentil garçon là ; je suis bien sûr que tu ne te feras pas tirer l'oreille pour ça : il est plus jeune et plus aimable que moi ; et je ne me fâcherai pas non plus : tout cela est dans l'ordre. »

Mademoiselle Fanchon ne se le fit pas répéter ; elle m'empoigna la tête à deux mains, et m'appliqua deux vigoureux baisers, qui signifiaient, selon moi : « Oh ! bien sûr que j'aimerais mieux, etc. etc... » Voyez un peu le vilain chien d'amour-propre !

Roch se frottait les mains de plaisir. « Bien, bien, très-bien, disait-il ; oh ! comme elle y va de bon cœur !

Ah ça! mais c'est pas le tout, il faut manger un morceau; qu'en dis-tu?

— Mais, ma foi, je serais assez de cet avis là.

— En ce cas, je vais descendre à la cuisine visiter les provisions.

Ecoutes, dit-il en me tirant à part, puisque tu vas être soldat, comme moi, j'espère que nous vivrons comme des frères; tout sera commun entre nous, tout, c'est convenu... excepté les femmes, vois-tu; parce que.... C'est pour toi que je dis ça; car moi, vois-tu, je n'y tiens pas... et même si la fantaisie de t'amuser te prenait, ne va pas faire la folie de courir la prétantaine avec une mijaurée, qui te ferait payer peut-être bien cher ce que personne ne voudrait te racheter... Ne fais pas de ces bêtises là, au moins... Parle à ma Fanchon, entends-tu, c'est une bonne fille;

je lui en glisserai deux mots dans le tuyau de l'oreille, elle ne demandera pas mieux; et tu peux être tranquille, c'est honnête... je réponds d'elle.

— Merci, frère, ce n'est pas de refus, en cas de besoin.

— Voilà qui est arrangé; c'est très-bien. Moi, je m'en vais descendre à la cantine. » Et il descendit en chantant.

Moi, je restai... Vous croyez peut-être que, d'après ce que m'avait dit Roch, je n'eus rien de plus pressé que d'entamer une longue conversation? eh bien, pas du tout : j'avais tant causé la veille avec mademoiselle Atala, qui, ma foi, le méritait bien, que mon éloquence était à bout. Dame, écoutez donc, n'est pas bavard qui veut.

Je me tins fort tranquille tout le temps que dura son absence, ce qui peut équivaloir à dix minutes à peu près. Au bout de ce laps de temps, nous l'entendîmes qui se disputait avec je ne sais qui ; bientôt le bruit se rapprocha de plus en plus, la porte s'ouvrit avec fracas, et il entra portant huit à dix casseroles, et suivi du chef de cuisine, qui voltigeait autour de lui en jurant et en faisant des grimaces de tous les diables.

« Tiens, Emile, dit-il en plaçant toutes les casseroles sur la table devant moi... tu dois être difficile, toi qui ne mange plus que chez les grands ; il faudra bien que tu t'habitues à la gamelle, quand tu seras militaire, mon garçon ; mais jusques là, traite-toi bien, je l'exige ; et comme je ne sais pas ton goût, en fait de ratatouille, je t'apporte toutes les casseroles, pour que tu choisisses ce qui te plaira davantage. »

Je partis d'un éclat de rire.....

Mademoiselle Fanchon en fit autant...

« Choisis, garçon.... mais choisis vîte; car il y a là ce gros joufflu, qui a peur que nous n'avalions ses poêlons et ses casseroles. »

Je choisis un plat de giblotte, et la moitié d'une jeune poulette que l'on nous donna pour une poularde du Mans; une salade de chicorée sauvage, completta nos provisions: et nous nous mîmes à table.

Le dîner fut assaisonné par une gaieté vive et franche; il me parut meilleur que celui que j'avais fait l'avant-veille, aux Frères Provenceaux; mais il ne valait pas un certain déjeûner fait chez Elnior. Cette réminiscence m'arracha un soupir.

Ma tristesse ne fut pas de longue durée... Quel chagrin y eût résisté?... L'ami Roch, au dessert, dans les transports d'une grosse joie, embrassa si vertement sa belle, qu'il lui laissa sur chaque joue une dose assez honnête du jus de notre soi-disant poularde, dont il avait largement imbibé sa moustache... « Tu peux en faire autant , garçon, me dit-il : moitié partout.... » Je n'étais pas du tout tenté de cette moitié là.

Oui, mais mademoiselle Fanchon en décide autrement... Ce double baiser ne la déconcerte pas du tout ; elle s'essuie tout bonnement la figure avec une pointe de son fichu de mousseline, et me présente sa joue... Allons il paraît qu'elle y tient... Embrassons : il ne faut jamais désobliger une jolie fille...

Il n'est si bonne compagnie qu'il ne faille quitter , disait le roi Dagobert à ses chiens, en les jetant par la fenêtre : et il avait raison... non pas de jeter ses chiens par la fenêtre, car il ne faut jamais maltraiter les bêtes : on ne sait pas ce que l'on peut devenir.... Il avait raison seulement de dire : il n'est si bonne compagnie qu'il ne faille quitter... Notre dîner avait traîné en longueur : nous avions tant de choses à nous dire, tant de petits souvenirs à nous rappeler !..

« Diable ! diable ! disait Roch en se grattant l'oreille, les journées où l'on a du plaisir sont bien courtes.

— Oui, » ajouta d'un accent tout-à-fait pathétique, mademoiselle Fanchon que l'on n'interrogeait certainement pas; « mais celles où l'on a de la peine sont fièrement longues.

— Il y a compensation, dis-je en riant.

— Quelle chienne de compensation, reprit Roch. »

Le son du tambour se fit entendre.

« Voilà le rappel, dit le grenadier, il faut rentrer... Ecoute, garçon : tu ne peux pas t'engager aujourd'hui même ; mais puisque je t'ai trouvé, ventrebleu ! je ne veux plus te quitter... J'ai peur que pendant mon absence ton actrice ne vienne pleurnicher après toi... car c'est par là... qu'elle finira, vois-tu... Toi... je te connais, tu as de la tête comme une linotte ; tu te laisserais attendrir : et puis quand je reviendrais, bernique.... les oiseaux seraient dénichés.... Pas de ça, Lisette... Je t'emmène à la caserne... »

Les craintes de Roch me firent rire ; mais son amitié pour moi les lui avait inspirées, et j'en fus touché... « Partons pour la caserne, dis-je en sautant ?

— C'est ça, morbleu ! dit-il en sautant plus fort que moi.... Je réponds que tu seras un brave et digne soldat ; c'est pour ça que je t'aime : partons.»

« Tu seras mal couché, » me dit-il quand nous fûmes dans la chambrée ; «mais tu t'y feras : d'ailleurs, nom d'une bourique, si je ne me trompe, nous n'étions pas déjà tant à notre aise chez le papa Fessor ; et , morbleu ! le matelas est bon.

» A cinq heures l'appel, me dit-il... tu te leveras si tu veux... ne te gêne pas. Si tu te lèves , je te présenterai au colonel , et ton affaire sera baclée ; car je répondrai de toi ; et sans me vanter, je ne suis pas mal avec mon colonel : c'est un homme d'esprit, qui a du jugement, et qui m'estime beaucoup. »

Après ce petit accès de modestie, Roch se jeta sur son lit.... « Sacrebleu! dit-il, comme je vais dormir !... j'ai un peu ribotté aujourd'hui : le petit vin de ce chien de gargotier, est fort bon et pas cher.... Mets-toi dans le fond, garçon : d'abord tu seras mieux, ensuite tu n'auras pas la peine d'éteindre le lustre. » Ce qu'il appelait le lustre, c'était le quart d'une chandelle de trois liards, à la pâle clarté de laquelle nous nous étions déshabillés.

« Puis-je éteindre, demanda-t-il ?

— Eteins, éteins, éteins. »

Il posa délicatement la semelle d'un de ses souliers, sur la mèche, et nous fûmes plongés dans l'obscurité.

« Bonsoir, Roch. — Bonsoir, Emile. »

CHAPITRE III.

Mémoires pour servir à l'Histoire de France, pendant la République, le Consulat et l'Empire; rédigés par un Grenadier du 3.ᵉ régiment de la Garde.

« Et voilà justement comme on écrit l'Histoire. »

Ah ça, mon cher lecteur, raisonnons un peu, si vous voulez bien le permettre. Les événemens se sont succédés avec une telle rapidité depuis six jours, que je n'ai eu que le temps d'écrire, écrire et toujours écrire, et pas une minute ne m'a été donnée pour la réflexion; il y en aurait cependant eu quelques boisseaux à vous soumettre,

et je n'ai pas seulement trouvé le moment de vous communiquer celle qui
m'a paru la plus drôle : c'est que tous
les hommes sont des imbécilles... Voilà,
m'allez-vous dire, une réflexion un
peu crue ; j'en conviens, mais elle n'en
est pas moins vraie.

Depuis le moment de notre naissance,
jusqu'à celui de notre extinction cor-
porelle, nous nous épuisons en vains
projets ; nous faisons mille efforts pour
soumettre le destin à nos lois : le hasard
souffle, tous nos projets sont renversés,
et nous... nous tournons comme des
girouettes. Je sors de chez moi ; une
femme qui vide son pot de nuit par sa
fenêtre, au mépris des ordonnances,
lâche, à la fois, par maladresse, le con-
tenant et le contenu ; le tout me tombe
sur la tête : j'allais au bal, on me porte
à l'Hôtel-Dieu.... J'ai mal à la tête, je

vais consulter mon médecin ; il n'y est pas, c'est sa bonne qui me le dit ; elle me dit ensuite autre chose, je lui réponds.... j'étais sorti pour guérir d'un mal de tête, et je me fais mettre au lit pour quarante jours.... Le poète Eschyle se sauve à la campagne pour éviter la chute des tuiles ; un aigle qui enlevait une tortue, prend sa tête pour une pointe de rocher, il laisse tomber la lourde écaille : adieu le pauvre Eschyle... Après cela, faites donc des projets ; vantez donc bien haut votre sagesse, votre prudence.... Pauvres jouets du hasard ! nous flottons çà et là au gré des vents ; nous nous croyons les rois de l'univers, et c'est tout au plus si nous apercevons bien distinctement le bout de notre nez.... Avais-je tort, après cela, de vous dire que tous les hommes sont des imbécilles ?

J'ai seize ans ; mon cœur, ou plutôt autre chose, parle, je veux passer une nuit bien tranquillement avec une jolie fille... C'est, comme l'a dit fort bien M. l'Avocat du Roi, dans le procès d'un homme qui, pour voter fort bien, n'en était pas moins un scélérat, ce qui prouve que ceux qui votent bien ne sont pas toujours d'honnêtes gens.... Où en étais-je donc ?.. Ah ! je disais que passer une nuit avec une jolie fille était, comme disait M. l'Avocat du Roi dans le procès de Papavoine, était un de ces plaisirs que réprouvent la morale et la religion, mais dont la nature fait quelquefois un besoin irrésistible chez de certains hommes ; et au lieu de passer une nuit tranquille, je mets le feu à la maison, et la ville de Châlons manque d'être brûlée, parce que la couchette de la fille d'une crémière a un

pied vermoulu... Un caporal me pour-
suit et me chasse positivement dans un
lit où il avait pris ses mesures pour
coucher lui-même... Je veux retourner à Sommelone, M. le conducteur se
trompe, et me conduit à Paris... Une
fille charmante s'intéresse à moi, et
projette de me faire entrer à St.-Cyr ;
j'ai le malheur d'entrer au café des
Aveugles, pour y prendre une demi-
tasse, et me voilà soldat : soldat tout
court.... Après cela, je vous le répète encore, faites donc des projets ;
il arrive presque toujours le contraire
de ce que vous avez projeté.

Voilà positivement, cher lecteur,
ce que je me dis le lendemain, en m'é-
veillant, à la pointe du jour, et en pro-
jetant de ne plus faire de projets, et
de me laisser aller tout bonnement
comme le destin l'entendrait, sans vou-

loir influer en aucune manière sur ses décisions à mon égard ; et ce fut cer-tainement la première fois, depuis mon départ de Châlons, que je ne déraisonnai pas en voulant raisonner.

« Et comment se fait-il, dis-je ensuite à Roch, que toi qui es un bon soldat, et qui dois avoir fait déjà quelques coups de tête sur le champ de bataille, tu ne sois encore que simple grenadier ? Sais-tu que cela n'est pas rassurant pour moi, qui n'ai ni ta force, ni ton intré-pidité ?

— Ta remarque est juste, mon gar-çon ; mais ce que tu ne sais pas, at-tendu que je n'ai pas pensé à te l'ap-prendre, c'est que je ne suis pas am-bitieux, moi ; que je ne veux être que soldat, et que bien loin de solliciter des

2.

7

honneurs et des grades, j'ai déjà refusé de l'avancement :

> J'suis grenadier d'France,
> Et je n'sors pas d'là.

— Parbleu! voilà une singulière idée que tu as la ?

— C'est possible, garçon ; mais ce n'est pas moi qui ai inventé ce sistème là... As-tu entendu parler de La Tour d'Auvergne ?

— Le premier grenadier de France : oui, parbleu !

— Eh bien, nom d'une bourique, voilà mon modèle... Quant au reste, je m'en bats l'œil...» L'expression était énergique, je la compris parfaitement.

Nous en étions là de la conversation, quand le tambour se fit entendre...

« Allons, à bas, s'écria Roch ; voilà l'appel.» Notre toilette ne fut pas longue.

Ainsi que nous en étions convenus, Roch me présenta à son colonel. C'était un drôle d'homme que ce colonel : il s'imaginait qu'on ne devenait bon général, qu'en ayant commencé pas être soldat, et ne croyait pas que la tactique militaire s'apprit dans les salons du faubourg Saint-Germain, ni chez les brillants limonadiers du boulevard de Coblentz. Il était, en sus, passablement bavard ; mais notre grenadier s'en battait l'œil, selon son expression ; et à chaque question qui lui était adressée, Roch portait la main à son bonnet, et vous allongeait d'un ton sec un : « j'en réponds, mon colonel, » qui coupait court aux interrogations.

Comme me l'avait dit le camarade Roch, le colonel se connaissait en hommes et en bons soldats ; c'est dire

assez que je lui convins sur-le-champ;
et une heure après, la somme de quatre-vingts francs me fut comptée....
Convenez que les hommes ne sont pas
chers ?

Voilà donc le ci-devant élève de l'é-
cole de Saint-Cyr, en habit bleu, et
en bonnet à poil, la carabine sur l'é-
paule, et apprenant la charge en douze
temps, avec une dextérité remarqua-
ble... C'est une chose bien amusante,
que d'apprendre à faire l'exercice ! demandez à qui vous voudrez...

Heureusement que je n'avais pas la
tête dure. Je faisais pirouetter l'instrument meurtrier, avec une légèreté,
une grâce, qui enchantaient Roch.
« Tu iras loin, me disait-il souvent.
— Je le crois parbleu bien ! » lui ré-
pondais-je en riant, à mon tour... Il

ne se trompait pas, puisque je suis allé jusqu'à Moscow.

« Ah ça, dis-je à Roch, quelques jours avant notre départ pour l'Autriche, je sors de mon collége, je n'ai jamais lu un journal de ma vie; et, moi, qui sais à fond l'histoire grecque et l'histoire romaine, je ne connais pas un mot de notre histoire actuelle : ce qui prouve la bonté de l'éducation que l'on reçoit dans nos colléges, où l'on vous apprend tout, excepté ce qu'il vous serait indispensable de savoir... Toi, mon ami, qui, depuis plusieurs années, fréquente le monde et les champs de bataille, tu dois être beaucoup plus instruit que moi sur ce chapitre là ; et tu devrais me faire le plaisir de me mettre au courant ?

— Quand à cela, mon garçon, me dit-il, tu ne t'adresses pas trop bien :

un soldat va là, quand on lui dit vas y; mais le diable m'emporte s'il s'inquiète ni pourquoi, ni pourqu'est-ce; mais cependant à force d'entendre rabâcher à droite et à gauche, j'ai fini par savoir à peu près c'qu'il en retourne; et je vais te conter tout cela, si ça peut t'être agréable?

— Oui, parbleu, c'est positivement ça que je te demande...

— Eh bien, ça va; seulement fais nous apporter de suite deux à trois pots de vin, pour que je ne sois pas interrompu, et tu verras que ça va marcher comme sur des roulettes. »

Ce qui fut dit, fut fait; et voici ce que me conta l'ami Roch. Je réclame cependant l'indulgence de mes lecteurs, pour ce récit, en les prévenant que mon ami n'est ni un Barante, ni un Ségur, et qu'il est beaucoup plus adroit à saisir l'épée qu'à manier la plume.

« Or, tu sauras donc, mon garçon,
que dans c'temps là, il y a quinze à
seize ans, un peu plus ou moins, ça
n'fait rien à la chose, la France était
gouvernée par un brave homme de roi,
qui n'avait qu'un défaut, c'était d'être
trop bon enfant.... Ce défaut là heureusement n'est pas commun chez les
souverains, et ils ne s'en portent pas
plus mal... Ce bon roi avait des cour-
tisans qui lui faisaient la queue : ce
qui ne s'était jamais vu, à ce que l'on
m'a dit, et ce que l'on ne verra plus
jamais..... Or, l'argent vint à manquer ; le roi en demanda ; le peuple dit : donnons-en, nous le voulons
bien ; mais que la noblesse et le clergé,
qui sont plus riches que nous, en donnent aussi, et tout ira le mieux du

monde. Par malheur, il y en eût
d'autres qui ne voulurent pas en donner : ça fit un train diabolique ; et v'là
la France dans le gâchis !.. V'là c'qu'on
appelle la révolution qui est arrivée. Le
peuple prend de l'humeur et des fusils ;
on bombarbe la Bastille avec du canon, on l'abîme ; et voilà un chari-
vari, qu'on n'sait plus de quel côté
donner d'la tête. C'est un r'mue ménage, un boul'versement, qu'on n'y
connaît goûte.... Bref, mon garçon,
les coquins s'faufilent partout ; les v'là
qui s'mettent à la tête des affaires, et
v'là que l' plus bon et l' plus meilleur
de c'qu'il y avait d'hommes et d'femmes
en France, s'en va à la guillotine en
chantant vive le roi.... Vive le roi !
tandis que le brave homme... mais ne
parlons pas d'ça, ça f'rait trop d'mal...
et buvons un coup...

» Après ces gueuseries là, vois-tu, c'est un carnage a n'en plus finir : v'là tout le monde qui s'amuse à s'dénoncer ; on coupe le cou au dénoncé le matin, et le soir au dénonciateur ; et tout cela par ordre d'un M. Robespierre et autres, qui sont bien les plus fameux gredins que je connaisse. Et puis v'là tous les ci-devant nobles, car on les avait dénoblisés, qui ont peur : il y avait ma foi vraiment de quoi... Les v'là qui décampent : je ne leur en veux pas pour çà. Que font-ils par-là bas? ça les regarde : s'ils font bien, tant mieux; s'ils font mal, tant pis ; moi je m'en lave les mains, car ce ne sont pas mes affaires.

» Ça dur' comme çà à peu près pendant je ne sais combien de temps ; et puis enfin ça n'est plus çà. V'là M. Robespierre et toute sa boutique enfoncés;

et les honnêtes gens qui respirent un
peu. Mais ce n'était pas tout : à peu
près dans ce temps là, ou avant, ou
après, je ne sais pas au juste, v'là
qu'ces gueux d'Prussiens étaient venus
bras dessus, bras dessous, je n'sais pas
comment, pas bien loin d'not' endroit,
à Verdun, pour croquer des pralines,
qui sont bien bonnes, à ce que l'on m'a
dit, car je n'en sais rien, attendu que
j'ai toujours préfere une roquille de fil
en quatre, à toutes les pralines du
monde. Ces Prussiens battaient nos
paysans, plantaient des cornes aux
maris, et violaient toutes les filles de
bonne volonté ; c'etait frémissant....
car enfin, quoique ce soient de ces petites gentillesses qui accompagnent toutes
les guerres possibles, il n'en est pas
moins vrai que c'est toujours plus amusant à faire chez les autres, qu'à voir

faire chez soi. V'la ceux qui m'naient
la boutique, à s't'epoque la, d'une colère de chien : et il y avait de quoi.
On invite tous les Français qu'avaient
du caractère, à donner de la pelle au
c.. à tous ces coquins la. V'là qu'est
dit, v'là qu'est fait : en avant les pierres
à fusil ! Patatras !... Cadet, ramasse ta
viande... V'la l'territoire debarrassé
des ch'napans qui l'grugeaient, et l'on
commence alors à voir un p'tit brin
plus clair dans c'gachis la.

»Pendant tout c'tripotage, où l'on n'y
voyait ni plus, ni moins qu'dans un
four, il y avait dans l'monde un p'tit
homme qui commençait a faire un ba-
canal d'enragé... Ce p'tit homme là,
vois-tu, garçon, tu sais ben qu'il etait
fils d'son père, un brave homme que je
n'ai jamais ni vu, ni connu, mais qu'a-
vait donné, dans la Corse, qu'est une

île pas bien loin d'ici, du fil à r'tordre aux ennemis d'sa patrie, ni plus, ni ni moins que nous autres venions d'en donner aux pousse-c.. d'sa majesté Prussienne. Ce p'tit homme avait été mis dans une pension militaire, à Brienne, qu'est un endroit pas bien loin d'chez nous, où l'on forme des officiers pour l'armée, tout d'même qu'à St.-Cyr. Il en était sorti avec les épaulettes de caporal ; ce qui n'empêche pas qu'au siége de Toulon, où les Anglais s'étaient permis de venir mettre leur pot-au-feu, c'gaillard là montra tout d'un coup à ses chefs qu'ils étaient des imbécilles auprès d'lui, et qu'il avait plus d'talent dans son p'tit doigt, qu'eux dans tout leur corps.

» Tu conçois qu'ça fit une sensation terrible ; le p'tit homme s'fit une réputation... dam'! fallait voir! Mais, pas

du tout, comme dans c't'intervalle là
on avait essayé déjà cinq à six gouver-
nemens, sans en trouver un bon, v'là
qu'les godlureaux qui m'naient la boutique, pour le moment, furent effrayés
de tout c'que l'on disait du p'tit homme ;
et, pour s'en débarrasser d'une manière
honnête et polie, ils l'envoyèrent en
Égypte, avec une poignée de lurons,
qui n'étaient pas manchots, c'est vrai ;
mais qui n'étaient que d'la St.-Jean,
vû, par rapport à c'qu'ils n'étaient, tout
au plus, que un contre vingt renégats,
qui vous ont des sabres en manière de
quartier de lune, qui sont longs comme
un jour sans pain.

» C'est égal, le p'tit homme ne fit ni
une, ni deux, y s'battit comme un chif-
fonnier, et nous remportâmes je ne sais
combien de victoires, qui nous procu-
rèrent la connaissance de ces fameuses

pyramides, à côte desquelles nos monumens ne sont que d'la gnognotte, tant la pierre de ces gueuses de pyramides est dure. Nos savans firent là-dessus des volumes superbes, reliés en maroquin rouge, et dorés sur tranche, qui n'y a rien d'si beau : j't'en montrerai, et tu m'en diras des nouvelles.

» Mais c'était pas tout ça ; il y avait là, comme dit la chanson, un polisson d'soleil, qui vous tapait sur la coloquinte, et qui vous séchait l'béguin d'une rude manière. Le p'tit homme s'embêta du commerce que nous étions forcés d'mener dans c'chien d'pays là; et justement dans l'instant de c'moment là, v'là l'facteur qui y apporte une lettre, dans laquelle il voit qu'il y avait encore du tremblement dans c'pays-ci. Il ne fait ni une, ni quatre; y s'faufile sur un p'tit vaisseau, et psitt !... bonsoir, n'y a plus personne.

» Le v'là de retour en France... C'est là qu'va y avoir du boucan !... V'là les cinq Directoires qui ont la fièvre de peur ; aussi on lui fait des amitiés longues comme le bras : c'est mon cher général, par-ci, mon brave monsieur, par-là.... Lui, qui savait ben qu'tout çà c'était d'la bamboche, y leur faisait des yeux !... C'est égal, le v'là r'parti pour l'Italie... Une fois là, v'là qui fait encore des siennes ; y vous r'tourne tout c'pays là comme avec la main ; y fait passer l'armée par un ch'min, dans les montagnes, là où squ'y n'y avait pas d'pierres, mais ben une neige qu'était pus froide, mais pus froide... ça s'app'lait l'Mont St.-Bernard. Bref, v'là les Autrichiens qui prennent leurs jambes à leur cou, et qui s'mettent à jouer des cliquettes, tandis que nous leur z'envoyons, par-

ci, par-là, quelques dragées de plomb
pour leur chatouiller les fesses.

» C'est dans c'quartier là qu'nous
avons travaillé dans l'bon style ! à
Lodi, Arcole et Marengo... ah ! c'est à
Marengo, surtout, qu'il fallait voir le
p'tit homme !... Ah ! garçon, quelle
chienne de tête il vous a c'cadet là !...
Mais c'est dommage qu'il y eût, ce jour
là, un autre gaillard qu'attrapa la
prune : le brave Desaix fut blessé à
mort... Ah ! mon frère, si tu savais
quel drôle de monsieur la France a
perdu, en perdant c'farceur là... Mais
enfin, que veux-tu : toutefois et quand
on va faire ses cascades dans les en-
droits où y pleut une grêle de toutes
sortes de choses, on n'peut pas répondre de s'en retirer les mains nettes....
tant y a qu'enfin.... vois-tu.... V'là ce
qu'c'est....

J'avais oublié de te dire qu'auparavant, le p'tit homme, embêté de toutes les mauvaises chicanes que les têtes à perruques du directoire y avaient cherché, relativement à je ne sais pas quoi, avait pris le parti de se débarrasser d'eux ; et pour en venir à bout, il leur avait fait une peur... mais une peur !.. qu'ils avaient tout d'suite planté là la boutique, et s'étaient fourrés dans des trous, où c'qu'on n'leur voyait pas tant seulement le bout du nez. Cependant, comme il faut toujours qu'une baraque soit menée par un ou plusieurs bourgeois, à c'que l'on prétend, et ce dont pourtant je n'suis pas bien sûr, l'petit homme prononça un fameux discours, dans lequel il dit en quatre mots au peuple : « J'vous ai remporté des victoires plus qu'vous n'êtes gros ; j'ai mis à la porte des gens qui n'vous con-

venaient plus du tout, et la preuve de
ça, c'est que c'était dans l'journal.. Vous
v'là débarrassés d'un tas de gueux qui
vous faisaient aller comme des ma-
rionnettes ; moi, je n'suis pas du tout
comme ces cadets là ; et puisqu'y vous
faut quelqu'un qui s'mette à tirer d'l'or-
nière votre charette, qui n'est pas mal
embourbée comme ça, vaut mieux
q'ça soit moi qu'un autre. Ainsi v'là
qu'est convenu, j'suis consul... consul, voyez-vous, parce que vous êtes
une république, et que dans les répu-
bliques, si l'on veut qu'elle aille comme sur des roulettes, on n'peut pas
s'passer de consuls... D'ailleurs si vous
ne me croyez pas, lisez l'histoire Romaine. Cependant comme vous êtes
habitués à obéir à beaucoup de monde
à la fois, et qu'un seul maître pourrait
vous effaroucher, je me contenterai

d'être premier consul, et vous nom-
merez pour second et troisième, ceux
que vous voudrez, pourvu q'ça soit
Lebrun et Cambacerès, qui sont les
deux meilleures pates d'hommes que
je connaisse : qui ne se mêleront de
rien, qui me regarderont faire ; et avec
qui je vivrai dans la meilleure intelligence du monde... Ainsi v'là qu'est
convenu : vous êtes contents... et puis,
s'il y en avait à qui ça n'fasse pas plaisir, ils n'ont qu'à parler, et je leur
f'rai voir que je ne suis pas consul
pour des prunes. »

» Ce discours là, mon vieux, ça
n'est p'têt' pas comme ça tout-à-fait
qu'il l'avait tourné ; mais j't'assure
que c'est toujours à peu près ça qu'il
avait voulu dire, et tu conviendras
q'ça n'était pas mal tapé du tout.

» Que te dirai-je de plus, garçon ;

tu sais bien le vieux proverbe :
l'appétit vient en mangeant... Fais
donc attention, mon verre est vide...
Le p'tit homme ne s'était fait nommer
consul que pour cinq ans : y trouva
bientôt qu'ça n'valait plus rien, et s'fit
nommer pour toute la vie de son existence ; et il profita de l'occasion d'la
circonstance, pour se débarrasser hon-
nêtement de ces deux petits consuls en
second... Enfin quéqu' temps plus tard,
y trouva encore que le consulat n'était
que d'la St.-Jean ; il envoya faire lan-
laire le Conseil des cinq cents ; et il
leur prouva, clair comme le jour, que
'le peuple, qui n's'occupait pas d'ça,
voulait absolument qu'il devint l'Empereur de la république ; et comme ce
diable de p'tit homme là avait toujours
à sa disposition une armée qui n'se
mouchait pas du pied, on trouva qu'il

avait parfaitement raison. Il y en eut
bien quelques uns qui dirent que c'é-
tait un ambitieux, un ci, un ça, et
patati, et patata : on les laissa dire; et
comme le p'tit homme a toujours eu le
talent de rosser complètement les Prussiens, les Autrichiens, les Anglais, etc.,
ma-foi, on trouva qu'il pouvait bien
mettre la main sur le bâton royal,
puisqu'il était à peu près l'seul qui eut
prouvé qu'il aurait l'bras assez fort
pour le porter et pour le défendre.

En conséquence, on laissa cancaner
les bavards; et notre Saint-Père le
Pape, tout exprès pour lui faire les si-
magrées nécessaires, eut la bonté de se
déranger, ce qui ne lui fit peut-être
pas beaucoup de plaisir, mais il n'en
dit rien, et je crois que c'est c'qu'il put
faire de mieux; et puis, le p'tit homme
changea de nom, je ne sais pas trop

pourquoi, car celui qu'il avait, valait bien celui qu'il a pris ; et puis, il a prouvé, à coups de canon, à messieurs les souverains qu'avaient l'air de le regarder du haut de leur grandeur, qu'il savait un peu mieux qu'eux la manière de garder une couronne ; et p'tit à p'tit, ces messieurs ont fini par le reconnaître ; ce qu'ils ont fait avec assez d'mauvaise grace, c'est vrai : mais enfin ils l'ont fait, et l'petit homme n'en demandait pas davantage.

» Cependant, garçon, et v'là justement pourquoi nous allons aller frotter encore une fois ces bons messieurs les Autrichiens et les Russes, l'Angleterre n'a pas voulu reconnaître l'petit homme en qualité de souverain de la France, et ça a mis c'cadet là dans une humeur de chien... Il a fait faire toutes ces jolies petites coquilles qui sont dans le port de Boulogne, pour aller, un de ces quatre matins, boxer messieurs les Anglais; mais ceux-ci qui n'sont pas trop bêtes, ont flairé l'coup.... Ils ont fouillé au coffre.... On a donné des gros sous à l'Autriche... l'Autriche qui s'ferait pendre pour de l'argent, afin d'empocher d'abord celui-là, nous a bien vite déclaré la guerre... L'petit homme a vu qu'il en était pour ses coquilles de noix... Il s'est mis à jurer comme un payen contre l'Autriche... L'Angleterre s'est mise à rire; et v'là, garçon, le débarquement à tous les diables; et puis nous qui filons d'l'autre côté du Rhin... » J'ai dit : donne-moi à boire ?

CHAPITRE IV.

Départ pour l'armée.

« J'entends le signal du départ,
» Adieu, Français, adieu, mes frères,
» Adieu, je vole à nos frontières,
» Me ranger sous mon étendard. »

Chanson populaire.

Survint enfin le 26 septembre , positivement le lendemain du 25 , et nous nous mîmes en marche.

Lorsque nous arrivâmes à Saint-Dizier , Roch sollicita pour nous, auprès du colonel , la permission d'aller rendre une visite à mon père et à ma mère, qui , pensions-nous, devaient être passablement inquiets de monsieur leur fils.

Roch était aimé de son colonel ; il me l'avait dit : et Roch n'est pas menteur. La permission nous fut accordée.

Salut, lieux chéris où s'écoula mon enfance ! avec quel charme, quel plaisir, je vous revois ! Chaque pas que je fais sur cette route, présente à ma mémoire des souvenirs à la fois doux et pénibles ; et en dépit du temps qui, de plus en plus nuageux, prête une couleur sombre à tous les objets qui m'environnent, un voile de rose s'étendait au tour de moi, par une de ces illusions que le passé rappelle si fréquemment au cœur de tous les hommes.

A deux portées de fusil de mon village, s'élève le moulin de Mathelin ; nous y buvons une bouteille de bon vin. Dix ans plus tard, l'Europe envahit la France ; Mantheln mourut en défendant sa chaumière, son mou-

2.

lin disparut; et des monceaux de pierres indiquent seulement la place où il
exista jadis. J'ai revu ce monceau de
pierres , une larme m'est échappée ; et
pourtant ce n'était qu'un moulin : mais
que de gloire et de désastres ne rappe-
laient pas ces misérables ruines !

: Comme tout passe , comme tout dis-
paraît et s'efface alternativement de ce
monde où l'on affiche tant de préten-
tions ambitieuses !... Ah ! bannissons
de notre pensée , ces rêves de dignités
et de grandeurs! jouissons avec simpli-
cité du peu d'heureux instans que le
ciel nous accorde , et ne songeons point
à la célébrité.

La célébrité!... Insensés que nous
sommes! que signifie ce vain mot au-
quel nos chimères nous font attacher
tant de prix ? La célébrité ! dois-je sacrifier, pour l'obtenir , le calme et la

tranquillité de l'âme !... Jamais. Ma célébrité, à moi, est que, lorsque la mort viendra mettre un terme à des jours sur lesquels l'amour a jetté quelques fleurs, les cent personnes qui composent mon univers, soient réellement affectées de ma perte, et effeuillent quelques roses sur ma tombe ; que mon amie les mouille des larmes du regret ; que mes enfans, si je suis père, regardent la fin de mon existence comme un fléau qui leur enlève, non pas un tyran sévère, grondeur et capricieux, mais un guide, un véritable ami, plus occupé de son petit ménage que des scènes du grand monde ; et qu'enfin, parmi les mortels qui m'auront connu, ceux qui croiront avoir à se plaindre de moi, soient néanmoins forcés de dire : il eût des torts envers nous, il fut injuste à notre égard, il a

commis des fautes ; mais sa tête seule
en fut la cause, et son cœur ne les par-
tagea jamais... Voilà la célébrité que
j'ambitionne, et celle-là ne fera verser
des pleurs amers à personne.

Mais secouons ces tristes pensées, ef-
forçons-nous de les bannir de mes mémoires... Je conviens que l'on ne peut
pas toujours rire ; mais le plus souvent
possible est le meilleur.

Je passerai sous silence les détails de
notre réception. Mon père me sauta
au cou, pour toute explication ; ma
mère qui pleurait de plaisir, et riait de
chagrin, ne pouvait se lasser de m'embrasser ; et Roch qui me ramenait, devint son favori, abstraction faite toutefois de la rancune qu'on lui conser-
vait : les Lorrains, et plus encore, les
Lorraines ont très-bonne mémoire.

De compte fait, je donnai et je reçus

cent quatre-vingt-douze baisers dans le courant de la soirée, et encore la moitié de la famille se trouvait-elle absente du village, à cause des vendanges : ce qui fit que je ne pus embrasser que six oncles, cinq tantes, onze cousins, dix-sept cousines, deux parrains, deux marraines, vingt-cinq amis et trente commères... C'était bien peu de chose, j'en conviens ; mais enfin il faut savoir se contenter de tout.

« Ah ! mon dieu ! disait ma mère, mon garçon, un enfant si bien éduqué, faut-il que je le voie soldat !... — Eh parbleu ! femme, lui dit mon père, un peu plus tôt, un peu plus tard, il le fallait ; qu'importe, un an de plus ou de moins : il est Français, mon fils, il est brave, il a de l'instruction ; dans le siècle où nous vivons, le militaire fait rapidement son chemin... eh bien,

morbleu ! il fera le sien : de quoi te
plains-tu ?

— Ne pleurez pas, chère mère,
ajouta Roch en souriant ; je suis sûr
que vous avez la bonhomie de voir
d'ici les balles, les boulets, la mitraille ?
Baste ! c'était bon autrefois toutes ces
bêtises là... mais à présent les soldats
vont si vîte, qu'ils n'ont pas le temps
d'être tués. »

Cette manière de raisonner fit rire ma
mère ; d'une autre part, l'observation
de mon père, était parfaitement juste,
elle le sentit bien, et la gaieté reparut
peu à peu sur son visage.

Ce fut un jour de gala pour nous :
on mit la poule au pot, et l'on invita
la famille, rien que la famille ; aussi
ne nous trouvâmes-nous que trente-
sept à table. La soupe grasse, le petit
plat de légumes, l'oie rôtie, la fine

tranche de gigot, l'omelette au lard,
et la salade à la crême, le tout bien
salé et bien poivré : voilà le repas, qui
fut assaisonné par la plus franche
gaieté. Roch en fit les honneurs. C'est
un vrai bout-en-train que Roch : il but
comme un Suisse, mangea comme un
Turc, bavarda comme un Parisien, et
tout le monde, entraîné par son exemple, fit comme lui.

Comment donc, mais j'ai de jolies
cousines, au moins !... Cette petite
Catherinette, qui n'avait que huit ans,
lorsque je quittai le pays, elle est, ma
foi, bien gentille, et pourtant elle est
en bavolet et en cornette... En cornette, cher lecteur ! ah dieu ! en cornette ! Mais couvrez-moi ce charmant
visage d'un bonnet à la *folle* : est-ce
bien à la folle que cela s'appelle ? dites-
le moi, mesdames, je n'en suis pas

très-sûr ? faites ressortir cette taille
sous une robe élégante, pas sous une
blouse, par exemple, ce genre de ro-
bes là n'a été mis à la mode que par
des femmes contrefaites ; remplacez-
moi ces sabots là par des souliers de
satin rose ; joignez-y le bas à jour, et
le fichu garni de dentelles, qui laisse
entrevoir à tout le monde, ce que l'on
n'ose pas encore montrer tout-à-fait,
et je suis sûr que Catherinette sera
aussi jolie, aussi jolie que madame A.,
madame B., madame C., etc., etc....
et elle aura de plus qu'elles, des cou-
leurs qu'elle n'aura pas empruntées
aux parfumeurs de la Capitale... et
cependant elle ne sera pas aussi jolie
qu'Elnior... Elnior ! ah ! ce souvenir
m'arracha un soupir !

   « Qu'avez-vous donc, mon cousin ? »
me dit la cousine.

« Ah ! cousine , le chagrin de vous quitter ; » et je tournai mes yeux de son côté, avec une sorte d'expression !... Que les hommes sont menteurs ! Eh ! mais je crois que ses yeux répondent aux miens : pas possible , chère cousine , pas possible du tout. Je ne lui dis pas , mais je le pensai, et par égard pour la famille , je recommande la sagesse à mes yeux... Hein , j'espère que voilà des principes ?

Que fait donc l'ami Roch, je ne l'entends plus... Ah ! ah ! c'est qu'il a aussi près de lui une cousine.... Elle n'est pas mal non plus, cette cousine là. Le fripon , il lui parle avec un feu ! et elle sourit... Comment, cousine , vous souriez si vîte que cela ? heureusement que nous partons demain.

Après le dessert , vient la chanson-

nette. Roch a une belle basse-taille ;
moi, j'ai une haute-contre assez har-
monieuse, et nous faisons des duos à
faire dresser les cheveux à tous les
artistes de la Capitale : n'importe,
c'est superbe : bravo ! bravo ! Je le crois
parbleu bien.

Roch ne chante plus, et on l'écoute
encore ; Lays ne produirait pas un pareil effet : qu'il vienne chanter à Sommelone, et il verra si j'en conte.

Et puis voilà un crin-crin, allons
en danse. Comment donc, un bal vil-
lageois ! tous les plaisirs et tous les
honneurs réunis ; ah ! nous le méritons
bien : comme on doit s'en douter, c'est
encore un cousin qui fait sauter les
belles du pays : allons une petite con-
tredanse avec Catherinette, rien qu'une
seule ; et je vais me coucher.

C'est bien une belle chose que les

projets ! A la huitième queue du chat,
j'étais en train , mais en train! cependant j'avais été raisonnable : des petits
mots , des babioles , des galanteries en
l'air , dont on n'avait peut-être pas
compris un mot , mais du reste , rien
de positif. Pourvu que Roch soit aussi
prudent que moi ! sa danseuse est ver-
meille comme une cerise : je les sur-
veillerai... Le joli surveillant qu'ils
auront là ! ...

Enfin le violon cesse : allons , encore
cent quatre-vingt-douze baisers tant à
donner qu'à recevoir , sans compter
ceux que je prends en cachette à la cousine... Ah mon Dieu ! où diable mes
lèvres sont-elles allées se poser ? M. le
gardien des mœurs publiques , si c'est
ainsi que vous donnez l'exemple...

Nous voilà seuls , seuls avec mon
père et ma mère. « Mes enfans , vous

devez être fatigués ; votre lit ou vos
lits , comme vous voudrez , sont prêts.

— Nous couchons ensemble , dîmes-
nous tous les deux d'un accord spon-
tané. » J'en fus satisfait pour Roch et
pour moi aussi : nous sommes si fra-
giles , nous autres hommes !

Il est minuit : « Bonsoir ma mère,
bonsoir Emile , bonsoir Roch ; » et mon
père , une chandelle à la main , nous
conduit jusqu'à notre chambre. Bon,
digne père ! . . . il m'embrasse. « Tiens,
me dit-il , voilà deux lettres que j'ai
reçues en ton absence : l'une est pour
toi , et l'autre m'est adressée ; je n'en
ai pas parlé à ta mère , ainsi motus. »
La porte est fermée , nous voilà seuls.

Roch fume sa pipe , et moi je me
déshabille. « Qui diable peut m'écrire,
me disais-je en me déshabillant ? ah,

c'est probablement quelque camarade du collége ? voyons...»

J'ouvre la lettre adressée à mon père, je saute de suite à la signature ; que vois-je ?... ELNIOR DE B.***

Je dévore cette lettre ; la voici :

« Monsieur, je m'intéressais beau-
» coup à votre fils, qu'un heureux
» hasard m'avait fait rencontrer en
» voyage ; et j'avais le pouvoir de lui
» être fort utile dans la carrière qu'il
» se proposait d'embrasser ; l'étourdi,
» pour une folie de jeunesse, m'a cru
» indisposée contre lui, et je ne l'ai
» pas revu. Veuillez, monsieur, lui
» faire parvenir cette lettre, dès que
» vous saurez où il est actuellement,
» ce que j'ignore moi-même.

» J'ai l'honneur de vous saluer.

» *P. S.* Veillez à ce que cette lettre ne
» soit remise qu'à lui ; je l'attends de
» votre delicatesse. »

Chère Elnior ! quoi ! malgré ma sottise !.. mais nous réfléchirons demain.
Voyons ce qu'elle m'écrit à moi. Quelle
lettre , grand Dieu !

« Monsieur ,

» Si vous n'avez eu pour moi qu'un
» de ces attachemens éphémères qu'ins-
» pire toujours une jeune femme que
» la nature n'a pas privée de tous ses
» dons , brûlez cette lettre , je ne vous
» ai rien écrit ; mais si votre conduite
» n'est qu'une erreur des sens , que
» vous vous êtes déjà reprochée , El-
» nior vous la pardonne , et son faible
» cœur vole encore au - devant du
» vôtre.

» Ingrat ! est-ce là la récompense
» que vous réserviez à mon amitié ? et
» vous avez le courage de me punir
» de vos sottises !... Réfléchissez à
» cette lettre ; surtout ne me trompez
» pas , soyez franc avec moi : j'en ap-
» pelle à votre délicatesse. »

Voilà ce qu'écrivait Elnior , ce que
je lisais tout haut , sans m'en apercevoir , et ce que je couvrais de mille et
mille baisers , en poussant des excla-
mations qui auraient surpassé, pour la
déraison , tout ce qu'on peut trouver
de mieux dans ce genre là, dans les
hospices d'aliénés.

« Je te l'avais annoncé , » me dit
Roch , en secouant sur son ongle la
cendre de sa pipe; » j'étais sûr que cette
femme là courrait après toi ; c'était
immanquable : nous autres hommes ,
quand une fois nous avons jeté le gra-

pin sur le cœur d'une femme, c'est comme si... mais, ma foi, tant pis pour elle, les oiseaux sont dénichés.

— Tu as beau dire, Roch, je lui écrirai.

— Ecris-lui, si tu veux ; mais je te demande un peu à quoi cela pourra te servir ? que diable veux-tu qu'elle fasse d'un amant qui s'en va battre les Autrichiens ? je parie que lorsque ta lettre arrivera, elle se sera déjà pourvue ailleurs.

—Oh ! oh ! » Je n'étais pas du tout de cet avis là, l'amour-propre me criait le contraire, et on l'écoute avec tant de complaisance, ce chien d'amour-propre ! et il vous embourbe si joliment.

« Au reste, continua l'ami Roch, ne te désoles pas : les petites femmes de Strasbourg sont charmantes, et même tes cousines ne sont pas mal du tout;

celle avec qui j'ai tant sauté surtout, la petite friponne, elle vous a des grands yeux noirs... ah ! je veux être fusillé, si auprès d'elle je me suis souvenu une seule fois de ma Fanchon. Eh bien, garçon, ça te fera le même effet.

» Vraiment, continua-t-il comme par réminiscence, ces diables d'yeux qui tiraient sur moi à boulet rouge, chaque fois que son battant-l'œil se détournait, m'ont mis tout sans dessus dessous ; sois tranquille au reste, on a de l'honneur ; elle est de ta famille, la petite, et ventrebleu je me ferais plutôt eunuque que d'y faire la moin-dre sottise. »

Et il se coucha par là-dessus ; et moi j'en fis tout autant.

Le lendemain..... « Un instant, » me dit ici mon amie, en mettant sans façon la main sur ma plume pour m'empêcher

de continuer ; « un instant, prince, nous
» avons un fameux chapelet à démêler
ensemble. »

— Bah ! et quel chapelet, s'il vous
plaît ?

— Comment, monsieur, vous voilà
de retour au pays natal ; vous avez dû
nécessairement et indubitablement passer à Châlons-sur-Marne, et vous ne
nous dites pas un seul mot de cette pauvre Jeannette ; c'est fort mal, au moins.

— Comment je n'ai pas parlé ?...
Mais, c'est ma foi vrai ! Eh ! ma tête,
ma tête où était-elle ?

— Voilà c'que c'est que d'avoir tant
de maîtresses à la fois !

— De l'épigramme ! eh bien, je n'en
serai pas de plus mauvaise humeur.

— C'est fort heureux.

— J'ai dit, je ne sais plus où, que
Jeannette et sa famille avaient quitté

Châlons pour aller s'établir à Vitry-le-
Français, et j'appris à Vitry-le-Fran-
çais, que Jeannette était mariée et de-
meurait à Reims.

— Comment Jeannette est mariée ?
j'en suis fâchée.

— Et moi aussi, mais que voulez-
vous que j'y fasse ?

— Mon bon ami, cela n'est pas du
tout dans l'ordre des choses, et vous ne
devriez pas le mettre dans votre histoire.

— Comment, cela n'est pas dans
l'ordre des choses ? eh bien, elle est
bonne, la plaisanterie ! Diable ! mais
savez-vous, mademoiselle, que, s'il fallait avoir son innocence pour se ma-
rier à présent, il y aurait terriblement
de célibataires en France ?

— Voilà une épigramme.

— Eh bien, manche à manche ; nous

jouerons la belle quand vous voudrez.

— Cela viendra.

— Ainsi soit-il. Et j'en reviens à mes moutons. »

Mon premier soin, en m'éveillant, fut d'écrire à Elnior. Voici comment la lettre était conçue :

« Chère Elnior,

. . . .

. . . .

. . . .

. . . . , ...

. . . .

. . . . . etc. , etc. , etc.

Felix-Emile Dollier. »

Il n'y en avait guère plus long que cela, car j'étais pressé par le temps ; mais ce peu là était si expressif, si touchant ! qui aurait pu y résister ? Je m'en rapporte à vous, mesdames.

Une fois la lettre écrite, j'achevai de m'habiller, et j'allai déjeûner, chose assez essentielle.

Je passe sous silence la scène des a lieux. Mon père nous embrassa avec affection. « Au revoir, mes enfans, nous dit-il, au revoir; soyez braves et honnêtes. » Quel traité de morale eût valu ces quatre mots là ?

Quatre jours après, nous étions à Strasbourg.

CHAPITRE V.

Chilpéric et mademoiselle Elnior.

« Rions et faisons l'amour. »

Or, dans ce temps là, il se trouvait que le petit homme, comme Roch l'appelait si élégamment, était lui-même à Strasbourg, où il s'amusait, à la fois, à tracer le plan de la guerre qu'il allait entreprendre, et un nouveau réglement pour le grand Opéra. Or, comme ces deux travaux, d'une importance tout-à-fait majeure, lui cassaient un tantinet la tête, il avait fait venir, pour se distraire, quand il serait de mauvaise humeur, l'élite des artistes de la scène française, pour donner des représentations sur le théâtre de la capitale Alsacienne. Or, comme il était de mauvaise humeur assez souvent, sans que l'on sut trop pourquoi, il en résultait que, par précaution, les susdits artistes jouaient tous les jours, et qu'ils faisaient fureur, pour me servir d'une expression qui est d'autant plus à la mode, qu'elle n'a pas le sens commun; et tous les jours la salle était invahie par les Strasbourgeois d'abord, et ensuite par un grand nombre de militaires de tous grades, et même par de simples soldats, à qui l'on permettait sans difficulté cette innocente récréation.

J'ai toujours aimé le spectacle, et lorsqu'en entrant dans la ville j'aperçus de loin les larges affiches rouges qui l'annonçaient, je me promis d'y man-

quer le moins souvent qu'il me serait
possible ; et sitôt que nous fûmes libres,
je fis part de mes intentions à Roch, et
je lui proposai de m'accompagner.

Le pauvre Roch ! il ne savait seulement pas ce que c'était qu'un spectacle.
Je m'empêtrai, pour le lui expliquer,
dans une péroraison très-éloquente dont
il ne comprit pas un seul mot ; mais,
comme il est toujours malhonnête de
dire aux gens qu'on ne les entend
pas, le camarade me fit des signes de
tête avec un air d'intelligence, qui me
rendit tout content des explications que
je lui avais données. Vous verrez tout
à l'heure si j'avais vraiment lieu d'être
satisfait.

Nous commençâmes par la lecture
des affiches : Les *Artistes* (tout le monde l'est maintenant) réunis sous la
direction de M. Mélan , donneront au-

jourd'hui Chilpéric, tragédie de Le-
mierre; la Fille d'Honneur; (*) la Fille
Grenadier ; les Maîtresses-Filles. « Bon
Dieu, que de filles ! m'écriai-je ; je
parierais que la société est bien montée
en actrices. »

Mais que devins-je , quand je lus en
grosses lettres : MM. T. V. , mesdames Elnior B. , et M. , du Théâtre-
Français, rempliront les principaux rôles dans la tragédie et dans la comédie.

« Elle est ici ! » m'écriai-je en faisant
un saut , et en retombant sur les pieds
de Roch...

« Aye! aye! aye! que diable, prends
donc garde , me dit-il ; et qui donc est
ici ?

— Mon Elnior.

_____

(*) Anachronisme.

— Ton Elnior... et où donc?...»
et il ouvrait de grands yeux...

« Là, sur l'affiche...

— Comment ! sur l'affiche ; et pourquoi faire ? »

Vous voyez, cher lecteur, comme
il avait bien compris ma dissertation
sur le théâtre ; j'allais la lui répéter
avec de nouveaux embellissemens,
mais on ouvrait les bureaux, la foule
se poussait, se heurtait, et mon morceau d'éloquence eut été perdu... je
le gardai pour plus tard.

Nos huit sous pour entrer au parterre, en qualité de simples soldats,
nous promettaient bien du plaisir...
mais, hélas ! il ne faut compter sur
rien dans le meilleur des mondes possibles.

Quand Roch vit que, malgré le
droit exhorbitant que l'on avait pré-

levé sur nous pour l'entrée , nous se-
rions obligés de rester debout pendant
la représentation , il fit une grimace
de possédé , et j'eus toutes les peines du
monde à le contenir.

« Chilpéric! disait-il en grommelant
tout bas ; Chilpéric! je me moque pas
mal de lui ; et puisque je lui fais l'honneur de venir le voir avec toi , et
même de payer huit sous pour cela , il
me semble qu'il aurait bien pu placer
des banquettes dans son antichambre. »

Heureusement que cette exclamation
ne fut pas entendue ; car nous étions
entourés d'une demi-douzaine de ces
jeunes gens intéressans , qui ne passent
que cinq à six heures par jour à friser
leurs moustaches naissantes , à relever
les boucles de leurs cheveux , à donner
de l'élégance à leur cravatte ; et vous
pensez bien que des gens aussi utiles à

leur patrie que ces messieurs-là, n'eussent pas manqué d'être scandalisés de l'ignorance de Roch.

Chilpéric est une bonne tragédie : cette remarque là n'est pas de moi ; je n'ai pas la prétention de m'y connaître assez pour en parler d'une manière aussi tranchante ; mais Voltaire l'a décidé ainsi, je m'en rapporte à lui, et je vous conseille d'en faire autant. Cette tragédie fourmille de beaux vers, et ces vers dans la bouche de T. excitaient parmi l'assemblée de nombreux et fréquens applaudissemens. « Sacrebleu, qu'il parle bien ! sacrebleu, que c'est bien dit ! » répétait Roch presque tout haut à chaque minute ; et les jeunes gens, nos voisins, à chaque instant se donnaient des coups de coude, et se pinçaient les lèvres pour ne pas rire ; et moi, j'osais à peine me livrer au plai-

sir que j'éprouvais ; je craignais du tu-
multe au parterre : je savais que Roch
n'était pas endurant , et s'il s'aperce-
vait que l'on se moquait de lui , gare
la bombe.

On arriva à ce vers :

Tenter est des mortels , réussir est des Dieux.

Il fut débité avec une telle volubi-
lité , que la moitié des spectateurs n'y
entendit rien ; cependant un feu rou-
lant de battemens de mains le suivit ,
et Roch principalement s'en donna à
avoir mal aux bras pendant quinze
jours, en répétant : « nom d'une bourique , que c'est beau !

— Pardon , monsieur, lui dit du ton
le plus poli , un jeune étourdi qui se
trouvait à sa droite : ce vers si joli ,
que vous applaudissez tant , je ne l'ai
pas trop bien compris ?

— Ni moi non plus , ventrebleu , »
répliqua Roch, en continuant d'applau-
dir avec un vacarme effrayant, « ni
moi non plus , je ne l'ai pas bien compris ; mais cela m'a paru fort beau , je
crois que c'est :

Enterrer des mortels , ressusciter des Dieux.

A ces mots , le questionneur ne put
retenir un éclat de rire bruyant , qui
fut répété par les voisins qui avaient
prêté l'oreille à ce petit dialogue. Roch,
ébahi , porta vers l'interlocuteur des
yeux qui n'étaient pas du tout paisibles,
et l'on partit d'un second éclat de rire
encore plus bruyant que le premier.

« Ventrebleu ! je crois que c'est moi
qui vous fais rire. » Et flan, voilà ce que
je craignais,... Jamais joue d'homme ,
avant et depuis le déluge , ne reçut, je
crois , une aussi rude apostrophe : la

moustache et les favoris du rieur en furent applatis comme une punaise.

Le petit alsacien, furieux, se mit à crier comme un enragé; à ce cri, sept à huit héros de son espèce bousculèrent le parterre pour arriver jusqu'à Roch, qui, la main posée sur la garde de son sabre, riait comme un fou : chacun son tour, ce n'est pas de trop.

Il ne tarda pas à être assailli d'une volée de coups de poing. Toujours calme, il s'escrima comme les autres, du mieux qu'il lui fut possible; mais par malheur il mit le grapin sur un petit bossu qui se trouvait là je ne sais comment, et qui se haussant sur ses pieds, lui tapait sur le postérieur à poings fermés. Le pauvre petit bossu fut enlevé comme on dépote une giro-flée, et il alla tomber dans l'orchestre.

Dès ce moment, le bruit redoubla;

un houzza général se fit entendre , les acteurs s'enfuirent , la toile fut baissée, et une cinquantaine , une centaine , un mille de Strasbourgeois nous entourèrent. Roch porta la main à son sabre.

« Que fais-tu ? m'écriai-je, en lui saisissant le bras , tu vas te déshonorer ! Sortons d'ici, plus tard il ne sera plus temps.

— Non, ventrebleu ! me dit-il dans son exaspération, je ne m'en irai pas ; et puisqu'ils m'ont forcé de mettre le sabre à la main , je veux leur apprendre à vivre.

— Mais, mon cher, les troupes vont arriver. — J'm'en bats l'œil. — On nous empoignera. — J'm'en bats l'œil. —On nous bouclera. — J'm'en bats l'œil. — Peut-être qu'on nous renverra à Paris, dans quelque dépôt. — J'm'en bats l'œil. — Et dès-lors plus de guerre, plus de gloire, plus de grade : tu me forces à rester soldat, et tu ne gagnes pas la croix.

Diable! diable! ce petit animal là a toujours raison. Eh bien, conduis-moi. Ah! garçon, c'est un fier sacrifice que je te fais là. »

Il était temps : nous nous esquivâmes à travers le brouhaha....

« Ce sont deux diables, que ces hommes là, » dis-je au receveur des billets quand nous parvîmmes à la porte, « si l'on n'envoie pas main-forte, je suis sûr qu'ils vont tout briser.

— Terteiffe, » nous dit-il en mauvais français (il était Suisse) «, v'là M. te la Valeur, l'caporal du poste de la rue des Vignettes, qui fa v'nir avec touze hommes de son combénie, et on les prentra.

— C'est fort bien.

— Et on les blantra en brison, ajouta-t-il en me retenant par le bras.

— Fort bien, très-bien, dis-je, en
essayant de me dégager.

— Et on les fisillera.

— Sacrebleu! camarade, vous me
serrez le bras!

— Ah! parton, mille partons... »
Et il ne me lâchait pas.

« Mille bombardes!... » Ah! c'est
bien heureux! on venait lui parler d'un
autre côté; il avait lâché, et nous
étions déjà loin.

« Sais-tu qu'il était temps, dis-je à
Roch?

— J'ai réfléchi sur ce que tu viens
de faire pour moi, nom d'une citadelle!
et je t'en remercie; moi, j'étais parti,
vois-tu; et, ma foi, je ne sais pas comment tout cela se serait passé... C'est
un vrai service que tu m'as rendu. »

Je lui serrai affectueusement la main, et pourtant j'avais de l'humeur : sans lui, j'aurais vu jouer Elnior, et j'en brûlais d'envie. « Mais, disais-je, j'y retournerai seul demain ; ce qui est différé n'est pas perdu. » Oui, compte là-dessus !

« Belle chienne d'équipée tu as fait là, dis-je à Roch le lendemain, notre uniforme a été reconnu ; nous sommes tous consignés... Si cela n'est pas désolant !

— Eh, parbleu ! me dit-il, ne vas-tu pas te désespérer ? ce n'est pas une si jolie ville, que ce Strasbourg.

— Oui, mais mon Elnior que j'aurais vue !

— Ah diable ! oui, ton Elnior, je n'y pensais plus... Ah ! garçon, tu dois m'en vouloir ; oui, c'est une sottise que je t'ai faite là ; où diable avais-je la tête ?

Oh! je te dois une satisfaction ; comment la veux-tu, mon vieux : au sabre, au pistolet, à l'espadron ? c'est à toi à commander. C'pauvre enfant, je l'empêche de voir son Elnior! je suis bien l'plus mauvais chien.... Eh bien! quelles armes prenons-nous ? »

Malgré ma mauvaise humeur, je partis d'un grand éclat de rire.

« C'est pour ton Elnior que je suis fâché, au moins, car je ne crois pas du tout que ce soit ton théâtre que tu regrettes ; je n'vois pas qu'est-ce que ces bêtises là ont de si agréable. J'ai réfléchi toute la nuit à ton Chilpéric : c'est un bêtàt ; sa femme, ou sa maîtresse, une bégueule, et tout le restant de la famille n'est qu'un tas d'nigauds qui s'amusent à débiter des fariboles. Qu'est-ce que c'est que tout çà , nom d'une citadelle! ça n'vaut pas l'polichinel em-

porté par le diable, que j'ai vu une fois,
pour un sou, à côté de Cadet-d'Auvergne, à Vaugirard; au moins y avait
d'quoi s'amuser ; mais tes grands théâ-
tres, *nix*... La société d'nos camarades
est cent fois plus divertissante que celle
de tous ces gens là. »

Convenez, cher lecteur, qu'il y avait
de quoi rire, et ne vous étonnez pas si
je fus forcé de le faire.

« A la bonne heure, continua-t-il,
voilà comme j'aime à te voir. Nous
sommes consignés, c'est vrai, mais ton
Elnior ne s'envolera peut-être pas avant
nous... Dailleurs, n'importe, nous nous
amuserons, ventrebleu ! nous jouerons
à la bataille , à la drogue : tu verras
que nous nous amuserons. »

C'est un jeu bien amusant que la
drogue.... et la bataille, donc !... Nous
y jouâmes toute la journée, et le lende-

main dans la matinée, et le lendemain
dans la soirée, et le surlendemain idem;
et le quatrième jour j'étais si las de la
drogue, mais si las, que je suis resté
plus de deux ans, par la suite, sans
pouvoir toucher une carte.

Le surlendemain Roch sauta au pla-
fond... « Sacrebleu! dit - il en jurant,
ces coquins là vont tout accaparer, et
quand nous arriverons toute la besogne
sera faite.... Si on ne nous ouvre pas
bientôt la porte, je saute par la fenêtre. »

Et moi qui, de plus que lui, avais
l'image d'Elnior qui ne me laissait pas
un moment de repos, il fallut que je
cherchasse encore à l'apaiser, et à lui
faire entendre raison.

« Je cède, me dit-il; mais si dans
trois jours la consigne n'est pas levée,
je t'avertis que, dussé-je me casser le

cou, je décampe ; tu viendras avec
moi ?

— Je le veux bien, mais la discipline ?

— Eh! laisse - moi donc tranquille,
avec ta discipline ; je la respecte tout
aussi bien que toi, et tout le monde
sait que Roch est incapable d'y manquer, entends-tu ? Mais, Ventrebleu !
je ne me suis pas fait soldat pour jouer
à la drogue et à la bataille ; je me suis
fait soldat pour battre les ennemis de
ma patrie ; et morbleu, puisqu'on est en
train de les battre, je veux être de la
partie. »

Il n'y avait pas à le détourner de ce
projet ; il avait fourré cela dans sa tête,
et le diable ne l'en aurait pas fait ra-
battre d'un demi-pied. A vous parler
franchement, au fond de l'âme, j'étais
bien tenté de l'imiter ; mais, moins

hardi que lui, puisque je n'avais pas encore vu le feu, je n'osais pas trop; cependant je lui promis de le suivre, si dans trois jours notre consigne n'était pas levée.

« Sacrebleu ! » me pensais-je à part moi, tandis qu'il fumait sa pipe avec une vivacité qui dénotait sa mauvaise humeur, « tu as fait là une belle équipée ! » Je ne le disais pas tout haut, car il avait déjà trop de chagrin pour que je cherchasse à l'affliger davantage. « Dans quel diable.... » Pardon, cher lecteur, on prend dans les casernes l'habitude de jurer, et cette chienne d'habitude là, quand une fois on l'a prise, il est si difficile, mais si difficile de la perdre. « Dans quel diable de guêpier me suis-je fourré-là ? » Et je baillais, et j'enrageais, mais j'enrageais !...

Je fus distrait de mes réflexions par l'apparition d'un camarade.

« Le colonel demande le grenadier Emile ?

— Le colonel ! et que me veut-il ?

— Je ne sais pas.

— J'y vais. »

Mon colonel me demande ; Parbleu la chose est singulière ! voici la première fois, depuis que je suis sous ses ordres, qu'il fait attention à moi.

Je sors pour aller le trouver.

Je ne sais, ma conscience ne me reproche rien, absolument rien ; car enfin la sottise de Roch ne me regarde pas.... Oh ! c'est vilain ce que je dis là ! cela me regarde : c'est mon ami, mon meilleur, mon seul ami. Mais enfin je ne suis pas en faute ; et, quoiqu'il en soit, j'éprouve une inquiétude, une

2.   12.

sensation dont je ne puis me rendre compte.

Allons, morbleu! un peu de courage; qu'il ne soit pas dit qu'un grenadier se présente devant son colonel, comme une vraie poule mouillée.

M'y voici.

« Est-ce vous, grenadier, qui vous nommez Emile ?

— Oui, mon colonel. »

Où veut-il en venir; il me regarde des pieds à la tête; cependant son regard est loin d'être sévère, il sourit en me regardant, et son air semble dire : « Mais vraiment ce grenadier là est un gentil garçon ! » Voilà de la vanité, allez-vous me dire, une très-sotte vanité même; et pourtant, si vous lisez ce qui suit, vous serez convaincu de la vérité de ce que je n'avais fait que soupçonner : je suis bien aise de vous prouver, une bonne fois, que je ne prends pas tous ces complimens là sous mon bonnet.

« Grenadier, un jeune homme de vos amis, M. Edmond, vous attend à l'Ecu-de-France.

— M. Edmond, un jeune homme.... Mon colonel, je ne connais pas....

— Vous ferez connaissance. Je lève votre consigne ; allez, jeune homme, et n'oubliez pas que, lorsque l'on a des protections telles que les vôtres, il faut justifier l'intérêt qu'elles vous accordent.

— Je m'en souviendrai, mon colonel. » Et je me sauve.

M. Edmond, M. Edmond, quel est cet homme là ? je n'ai jamais connu d'Edmond : c'est égal. Je cours... Ah ! voici l'Ecu-de-France ! très-bel hôtel, ma foi! mais, j'en suis fâché pour lui, je n'ai pas le temps de l'examiner.

« Je vous salue, madame : M. Edmond ?...

— L'escalier à droite, numéro neuf.

— Merci. »

Et je grimpe les escaliers quatre à quatre. Ah ! le voici, ce numéro neuf ! J'ouvre la porte avec vivacité, et je me trouve nez à nez avec un militaire.

« Ah ! pardon... M. Edmond ?

— Ce n'est pas ici.

— Ce n'est donc pas ici le numéro neuf ?

— Non, grenadier, c'est le numéro sept. Eh ! mais, si je ne me trompe pas, ajouta-t-il en me regardant attentivement, je crois vous connaître ; c'est M. Emile Dollier, n'est-il pas vrai ?

—Lui-même, général. » C'était O.***

« Comment! grenadier ! et je n'en

savais rien !... Asseyez-vous donc, et
contez-moi cela. »

J'enrageais, j'enrageais ! mais comment refuser ? Je ne lui dis pourtant
que fort peu de chose, et je vous réponds, cher lecteur, que je ne fus pas
aussi prolixe avec lui qu'avec vous.

« Et vous êtes consigné ? ajouta-t-il
quand j'eus fini.

— Oui, général.

— Oh ! ce ne sera pas pour longtemps.

— Tant mieux ! Mais, vous-même,
général, il me semblait que vous com-
mandiez un corps d'armée ?

— C'est vrai, c'est vrai ; mais....
mais vous êtes un indiscret, continua-
t-il en souriant. Adieu, jeune homme ;
venez me voir, quand nous serons par
là-bas ; vous savez tout l'intérêt que je
vous porte, et je ne veux pas que vous

restiez simple grenadier... D'ailleurs...
Adieu, nous nous reverrons.... »

J'avais du plaisir à le revoir, et
pourtant je ne fus nullement fâché qu'il
ne me retint pas plus long-temps.

Voilà le numéro neuf; j'avais donc
la berlue? non, mais la précipitation...

J'ouvre avec vitesse la bienheureuse
porte; un homme est assis sur un canapé, près d'une table à déjeûner élégamment et copieusement servie.

Au bruit que je fais, il tourne la tête.
C'est Elnior!....

CHAPITRE VI.

L'amour !

> « Amour, amour, quand tu nous tiens,
> » On peut bien dire adieu prudence. »
>
> LAFONTAINE.

L'APERCEVOIR, jeter, en sautant, mon bonnet dans le premier coin venu, et m'élancer sur le canapé à côté d'elle, fut l'affaire d'une minute. Elle ne s'offensa pas de mes transports ; elle ne fit aucun mouvement pour me repousser ; une main me cachait ses yeux, et je crus sentir l'autre tressaillir dans la mienne...

« Ah ! Elnior , chère Elnior ! pardonne, pardonne ! ... peux-tu m'en vouloir encore ? n'ai-je pas assez souffert ? ... de grâce, ne me cache pas tes yeux ; si tu savais combien j'aime à les voir ! crains-tu de me laisser lire que ton cœur me pardonne ?... »

Elle ôta cette main charmante, et j'aperçus la trace de quelques larmes ; je voulus les essuyer...

« Oh ! ne les essuye pas , me dit-elle ; celles-là sont de plaisir : si tu savais le bien qu'elles font. »

Un moment de silence s'ensuivit ; je frissonnais de désirs , et je n'osais seulement lui demander un baiser , tant je craignais de réveiller sa colère.

« Te voilà donc , cruel enfant ! te voilà , et encore ce n'est pas ta faute ; ce n'est pas toi , ingrat , c'est moi qui suis revenue.

— Quel doux, quel heureux hasard t'a conduite en ces lieux ?

— Le hasard, dis-tu ? et ton amour-propre ne t'a pas dit pourquoi j'étais ici, et tu me le demandes ; faudra-t-il donc que ce soit moi qui te le dise encore ?..» O Rousseau ! toi qui connaissais si bien l'amour, dis-moi combien de baisers valait une réponse comme celle-là ? La tentation fut trop forte, je l'entourai de mes bras avec une sorte de frénésie ; je ne sais pas si je donnai juste le compte de baisers qu'il fallait, je les donnai sans compter, et on les prit de même : en amour, on a tant de bonne foi !

Je ne me piquai ni d'exactitude, ni de rectitude dans mon remercîment, ma tête était un peu dérangée, et le code était si loin de ma pensée, que je ne songeais seulement pas à le suivre.

Elnior , effrayée , voulut s'arracher de mes bras ; j'osai la retenir. « Emile , Emile , je t'en prie, je t'en supplie! » et sa voix était si douce , si touchante , si pénétrante... je me serais cru coupable de ne pas l'écouter.

Elle profita de ma faiblesse , et s'éloigna de moi. « Il est donc dit qu'il faudra te fuir tout-à-fait , ou t'accorder tout... Te fuir, je l'ai tenté , je ne l'ai pu ; te céder, c'est perdre ton amour... Cruelle alternative ! » Et ses yeux se mouillèrent de larmes. « Oserai-je avoir confiance en toi ? me dit-elle d'un ton solennel et en me regardant fixement. »

Je la compris ; je portai ma main droite sur mon cœur , et je lui tendis l'autre main. « Ose , lui dis-je , mon cœur est mon répondant.

— Allons , allons , nous verrons , dit-elle en essuyant ses yeux et en souriant à demi, nous verrons, et si vous êtes bien sage... Je t'attendais pour déjeuner avec toi ; tu es à jeûn sans doute? » et elle sourit malignement en proférant ces mots.

« Ah ! méchante, cela n'est pas bien, et puisque tu me l'avais pardonné, tu ne devais plus me reprocher cette sottise-là ?

— Tais-toi, me dit-elle, » et elle me ferma la bouche ; avec quoi ? ses deux mains étaient dans les miennes. Qu'elle était jolie alors ! et cette fois-ci, ce n'est pas moi, c'est elle, elle-même qui m'embrasse. « Elnior, grâce, grâce ! si tu veux que je sois raisonnable, plus de ces baisers-là : il sont âcres, c'est Rousseau qui l'a dit. Ils me brûlent, ils me dévorent...»

A table; à table! Il est bien question de manger à présent. Mais qu'est-ce que je dis donc là moi? un bon repas donne des forces, et quand on a des forces!.... c'est moi qui souris malignement : chacun son tour. Et, en conséquence du raisonnement intérieur que je viens de faire, je mange, et je mange avec avidité, sans articuler une parole de plus.

Elle me regarde, ses yeux brillent de l'éclat le plus vif; on voit qu'elle est heureuse; chacun de ses regards exprime l'amour, et elle me semble jolie, mais jolie!.. Oh! mesdames, si vous saviez combien l'amour vous embellit, vous ne voudriez jamais cesser d'aimer.

Et voilà un repas d'avalé. Etait-il bon? je n'en sais rien; j'ai mangé comme un automate, sans rien goûter, sans rien savourer : je ne voyais qu'elle, je ne pensais qu'à elle.

A quoi rêve-t-elle à son tour ? elle a l'air sérieux. « Qu'as-tu, mon Elnior ? à quoi réfléchis-tu ?

— A toi, toujours à toi, rien qu'à toi. L'habit que tu portes, me chagrine ; ce n'est pas cela que nous avions projeté.

— Mon habit te chagrine, répliquai-je étourdiment ; ce n'est que cela ? eh bien, je vais l'ôter. » Je l'aurais fait comme je le disais : on est si bête, quand on aime... Pardon, ce n'est pas cela que je voulais dire, car ce qu'en pareil cas, les gens dont le cœur est glacé par l'âge appellent des bêtises, est si doux à faire, et présente tant de charmes à la jeunesse !.. Oh ! mes amis ! faisons de ces bêtises-là le plus longtemps qu'il nous sera possible.

— Pas d'enfantillage, a-t-elle dit, et parlons raison. — Parlons raison,

soit : la raison a tant d'empire quand
elle passe par une jolie bouche, que l'on
est forcé de l'entendre. Eh bien, mon
Elmior, puisqu'il faut parler raison,
je vais t'obéir; mon habit est commun,
grossier même, si tu veux, mais je
l'honorerai.

—Voudras-tu me permettre d'y con-
tribuer? me dit-elle à mi-voix, et comme
si elle m'eut demandé une grâce.

— Te le permettre... oh ! de tout
mon cœur : tout ce qui viendra de toi
me sera bien cher. »

Je m'éloignai de la table, et je me
rapprochai d'elle. Je la regardais, mais
je la regardais : vous savez comme nous
vous regardons, mesdames, quand
nous vous aimons....

« Elmior ? — Mon ami ? — Un baiser ! — Mille, si tu veux.... »

Je ne sais pas si j'en aurais pris mille,

on n'est jamais juste ; mais j'en prenais, j'en prenais…. Elle fut obligée de m'arrêter ; car Dieu seul sait où j'allais les chercher. Elle se sauva à l'autre extrémité de la chambre.

« Ces baisers là sont trop dangereux.

— En quoi donc, mon amie ?

— Oh ! tu ne le sais que trop, méchant enfant ; et tu le fais peut-être exprès pour troubler ma pauvre tête.

— Exprès, dis-tu ? et moi-même, l'ai-je à moi, ma tête ? sais-je ce que je fais, et crois-tu que je sois capable de suivre un plan de séduction, lorsque ta voix, tes yeux, ta main, un geste, un regard, une parole, portent le trouble dans mes sens, et me ravissent le peu de raison que je m'efforce de conserver en ta présence ?… Ah ! Elnior, Elnior, tu le sais trop bien, entre toi et moi, il n'est qu'un séducteur : c'est l'amour. »

Je ne sais pas si je l'ai déjà dit ; et si je l'ai dit, je le répète : la femme la plus raisonnable, est rarement fàchée de voir son amant déraisonner pour elle. Jugez de ce que devait éprouver Elnior qui n'était pas plus sage que moi.

Dieux ! quelles pages brûlantes avait ici tracé ma plume ! le dieu d'amour lui-même ne les eût pas désavouées ; la décence la plus stricte, n'y eut pas trouvé un seul mot dont elle dut s'alarmer, et pourtant le fatal crayon rouge de mon ami de Sainte-Pélagie, les a supprimées. O mon siècle ! si tu crois que tu seras plus vertueux, si l'on s'abstient de retracer ces scènes de bonheur, j'en fais volontiers le sacrifice ; mais je doute que les mœurs de mon pays y gagnent rien. Dans le siècle où nous vivons, on fait la guerre aux mots, et l'on tolère les actions les

plus scandaleuses. Une courtisane An-
glaise, qui vient dérouler au yeux de
la France, la liste nombreuse des
amans auxquels elle a prostitué ses faveurs au poids de l'or, trouve une cen-
sure qui la tolère, et des journaux qui
la prônent, et il ne me sera pas permis,
à moi, de parler des momens de plaisir
que j'ai goûtés dans les bras d'une jeune
et jolie femme, qui ne devait compte
de ses actions à personne, et que les
trésors des Indes n'eussent pas fait dé-
river un moment des limites austères
du devoir, dont elle permit à l'amour
seul de l'écarter quelquefois. Tu le
veux, siècle de morale et de lumière;
tu le veux, j'obéis à regret, mais enfin
j'obéis, et je me tais : tu aurais bien
dû inviter miss Henriette Wilson a en
faire autant.

O St.-Preux ! toi dont Rousseau

nous a si bien retracé le bonheur, je n'ai plus rien à t'envier; puisse seulement l'avenir ne m'être pas aussi fatal qu'à toi, ou du moins puisse-t-il être plus heureux pour mon amante qu'il le fut pour la tienne!

Un soldat doit savoir dormir partout; or donc ce n'est pas un grand sacrifice que de s'endormir sur un canapé, et c'était justement ce que j'avais fait. Pourquoi dormiez-vous, m'alliez-vous demander? je suis désespéré de ne pouvoir rien dire à cette question, mais la réponse s'en trouve justement dans les pages que j'ai supprimées; j'ai brulé ces pages, et je ne me souviens plus de leur contenu: ainsi vous voyez bien qu'il m'est impossible de vous donner une solution satisfaisante de ce problême-là. Au surplus, pour vous faire une idée approxi-

mative, consultez vos souvenirs d'hier,
si vous êtes jeunes encore ; et vos souvenirs de jadis, si l'âge commence à
amortir ces feux ardens qui tour à
tour ont embrasé les hommes.

Or vous saurez que lorsque je me
réveillai, je me frottai les yeux à plusieurs reprises, et je vis.... que je ne
voyais rien. « Grand Dieu! m'écriai-je,
il fait nuit, et l'appel !... » Pardon,
mesdames, si je ne pensai pas d'abord
à Elnior, ne m'en faites pas un
crime : chez les Français, l'honneur
est la première vertu, et qui manque-
rait à l'honneur, ne serait pas digne
d'être aimé.

L'appel me trottait si fort par la tête,
que je ne m'aperçus pas qu'Elnior n'é-
tait plus assise auprès de moi sur le
canapé ; elle avait quitté ses habits

masculins, et était placée dans un fauteuil à mon chevet.

Ce-fut au toucher que je *vis* tout cela, et quoique sans lumière aucune, je lui volai un baiser : il est vrai de dire qu'elle y mit de la complaisance, et tout en lui volant le baiser, je joignis les mains douloureusement, en répétant : « et l'appel !...

— Sois tranquille, me dit-elle, j'ai profité de ton sommeil pour envoyer prévenir ton colonel que je t'emmenais au spectacle.

— Au spectacle ! m'écriai-je en sautant comme un écolier de sixième ; et joues-tu ?

— Oui, mon ami ; et, ajouta-t-elle en riant malignement, en revenant du spectacle, comme l'hôtel de l'Ecu-de-France est fort grand, nous aurons bien du malheur, si nous n'y trouvons pas quelque chambre pour toi.

— Oh ! Elnior ! chère Elnior ! m'écriai-je, et je joignis les mains d'un air suppliant : ne me parle pas ainsi.

— Enfant ! ne m'as-tu pas devinée ? tu m'aurais peut-être préféré ta caserne, si je t'avais adressé ma demande ? et ma foi j'ai profité, comme je viens de te le dire, du sommeil de l'ennemi ; j'ai usé d'une ruse de guerre, et tu es mon prisonnier. »

Et croirait-on qu'après une déclaration aussi authentique, et par une violation inouie du droit des gens, le prisonnier eut le front de vouloir dicter des lois à son vainqueur ; et, ce qui pis est, que le vainqueur eut la faiblesse de condescendre aux volontés despotiques du vaincu. Que voulez-vous, toutes les héroïnes ont eu leurs

faiblesses, et la célèbre Elisabeth elle-
même, qui prenait si audacieusement
le titre de reine-vierge, n'a-t-elle
pas... Mais laissons ce sujet de côté,
cela nous mènerait jusqu'en Angleterre, et pour le moment je n'ai qu'un
seul trajet à faire, celui de l'Ecu-de-
France de Strasbourg au théâtre de cette
ville; et encore si je le fais sans regret,
c'est dans l'espoir de faire deux heures
plus tard celui du théâtre à l'Ecu-de-
France.

«Nous reviendrons, n'est-ce pas?» lui
dis-je d'un air inquiet, lorsque nous
quittâmes ce bienheureux numéro 9.

Elle me regarda, elle me serra la
main... Ah! des pages entières, sous
la plume de Rousseau même, n'en auraient jamais dit autant que ce regard,
que ce serrement de main...

« Tu me le demandes, ajouta-t-elle, d'un ton de reproche.

— Pardon, lui dis-je ; mais c'est un si grand bonheur pour moi que ces heures passées en tête-à-tête avec toi, mon Elnior, que je doute encore si je suis bien éveillé, et si quelque rêve trompeur ne vient pas m'abuser ? Ce n'est pas de ton cœur que je doute, mon amie, c'est du témoignage de mes sens qui ne peuvent concevoir l'excès de félicité que tu me promets encore... Ah! que les paroles sont faibles, pour t'exprimer ce que j'éprouve.

— Soyons sages, me dit-elle en s'arrachant de mes bras ; soyons sages, Emile, et n'oublions jamais qu'un auteur immortel a dit : que la satiété tuait le plaisir. »

Lecteurs, si cette phrase vous étonnait dans une bouche de seize ans, rappelez-vous qu'Elnior de B... avait, dès sa tendre enfance, embrassé la carrière dramatique, et que cette profession, qui n'a rien que d'honorable quand on l'exerce honorablement, nécessite des connaissances approfondies que l'on n'est pas obligé d'acquérir dans le cercle ordinaire de la société. Du reste, la bouche qui prononçait cette phrase, n'avait rien perdu de sa pureté virginale, et tous ceux qui l'ont connue, attesteront que chez elle du moins, l'art n'avait pas altéré les dons précieux que lui avait si généreusement prodigués la nature.

Nous voici au spectacle, elle me quitte : son devoir l'appelait, elle me laisse dans sa loge, et m'abandonne à mes réflexions.... Elles ne sont pas très-riantes, ces réflexions, et elles roulent tout entières sur un sujet aussi

vieux que le monde, et qui se repré-
sente et se représentera chaque jour
jusqu'à la fin des siècles. Ce sujet est
l'instabilité des choses humaines.

« Il y a trois jours, me pensais-je, j'é-
tais également dans cette salle ; mais
quelle différence ces trois jours ont ap-
porté dans ma destinée, et comme j'ai
changé de rôle sur ce théâtre que l'on
nomme le monde !

» Qu'est-il en effet ce monde bizarre,
si ce n'est un *théâtre* dont tous les
hommes sont les *comédiens*? les *hasards*
composent les pièces, la *fortune* dis-
tribue les rôles ; les *théologiens* gou-
vernent les machines, et les *philosophes* sont les spectateurs. Les *riches*
occupent les loges ; les puissans l'am-
phithéâtre, et le parterre est pour les
malheureux. Les *femmes* portent les
rafraîchissemens à l'entour, et les *dis-*

graciés de la fortune mouchent les
chandelles. Les *folies* composent l'orchestre, et le *temps* tire le rideau. La
pièce a pour titre : *Le monde veut être
trompé, donc il sera trompé.* L'ouver-
ture de la comédie commence par des
larmes et des *soupirs* ; dans le premier
acte, se présentent les *projets chimé-
riques* des hommes : les *insensés* frap-
pent des mains pour marquer leurs applaudissemens, et les *sages* sifflent la
pièce. En y entrant, on paie à la porte
une monnaie qu'on nomme *peine*, et
on reçoit en échange un billet marqué
inquiétude, pour pouvoir y prendre
place. La variété des objets amuse un
moment les spectateurs ; mais le dé-
nouement dés intrigues bien ou mal
concertées, fait rêver les philosophes.
On y voit paraître des géans qui, tout
d'un coup, deviennent pygmées, et

des nains qui grandissent imperceptiblement, et arrivent à une hauteur prodigieuse. On y voit encore des hommes qui semblent prendre toutes les mesures et les précautions imaginables pour suivre le vrai chemin qui mène au but qu'ils se proposent, tandis que d'un autre côté des étourdis, des sans - souci atteignent le port des félicités mondaines. Enfin telle est la comédie de ce monde, et celui qui veut s'y amuser à loisir, n'a qu'à se mettre dans quelque petit coin d'où il puisse commodément voir tout sans être vu, afin de pouvoir avec sûreté s'en moquer comme elle le mérite. »

Le lever du rideau mit fin à ces rêveries philosophiques. J'allais voir jouer Elnior, et je me préparais à être heureux.

On donnait une vieille pièce qui

n'en est pas moins bonne, et qui le sera toujours tant qu'il existera une Elnior B., une L., une M. pour jouer le rôle de Celimène. Décrire les sensations que j'éprouvais, n'est pas possible ; je jouissais par momens du jeu inimitable de mon Elnior ; mais le sentiment le plus profond et le plus vif que je ressentis, ce fut la jalousie ; oui, lecteur, ce fut la jalousie. Je fus jaloux de Dorante ; en vain la raison me disait-elle, tout ceci n'est qu'une fiction, un jeu : mon amour-propre était blessé de cette feinte d'amour que la comédie nécessite, et j'aimais trop, oui trop, pour ne pas être blessé d'un regard, d'une parole qui ne m'appartenait pas. Hélas ! on ne peut être amoureux sans être jaloux ; c'est un fait incontestable, et je n'ai jamais pu concevoir l'amour sans la jalousie.

Cependant j'étais si honteux de ma susceptibilité, que lorsque Elnior revint et me questionna sur la cause des nuages qui obscurcissaient ma physionomie, je n'eus jamais le courage de la lui avouer.

Le trajet se fit silencieusement ; elle rêvait de son côté, et moi j'étais plongé dans des réflexions métaphysiques, sur le plus ou moins de sensibilité des cordes que l'on peut faire vibrer dans le cœur de tous les hommes. Imbécille que j'étais, de passer ainsi des instans que j'aurais pu si doucement employer auprès d'elle !...

Quand nous fûmes de retour dans cette jolie chambre, où le bonheur m'était apparu, dès que le verrou nous eut mis hors de l'atteinte des importuns, elle m'entoura de ses bras, et déposant un baiser sur mon front :

« Vous allez me dire sur le champ ce,
qui vous cause de la peine , monsieur ;
si vous ne voulez pas empoisonner la
plus belle journée que j'aie jamais
connue : vite , vite , qu'avez-vous ?»

Quel chagrin y eut résisté ? je lui
avouai sur-le-champ ma ridicule jalousie.

Sa figure devint sérieuse. « Enfant,
me dit-elle , enfant que vous êtes ! et
pourtant je ne puis vous en faire un
crime... O mon ami ! ajouta-t-elle,
en jouant avec les boucles de mes cheveux , si tu savais la peine que j'ai
moi-même éprouvée ce soir , en me
voyant forcée de jouer un pareil rôle
devant toi , tu aurais craint de m'affliger encore davantage ; mais il le fallait. Il existe un homme en France , à
qui rien ne peut résister , et cet homme
l'avait voulu... pouvais-je refuser ?

tu sais bien le contraire , et cependant je ne puis t'en vouloir de ta suscepti- bilité , puisqu'elle me prouve à quel point tu m'aimes... Allons , mon Emile , embrasse-moi , et ne me cha- grine point davantage : j'ai déjà assez de regret de t'avoir fait de la peine. »

Oh ! comme cette femme-là savait aimer ; où allait-elle prendre ces mots si simples et pourtant si pénétrans , qui arrivaient jusqu'au cœur ; où ? dans le sien : et ce cœur n'avait pas une pen- sée , pas une palpitation qui ne m'ap- partint. Oh ! qu'il est doux d'être aimé de la sorte !

Le souper était servi , et nous nous mîmes à table. Vous allez peut-être me dire que je m'y mets bien souvent à table ? Que voulez-vous , il y a tant de personnes ici-bas qui font leurs trois repas par jour , qu'il m'est bien permis,

je crois, d'être du nombre de ces per-
sonnes-là, d'autant plus que je ne crois
pas que ces sortes de choses soient dé-
fendues.

Etroitement serrés l'un contre l'autre, de temps en temps le doux mur-
mure de son haleine venait frapper
mon oreille ; la fourchette s'échappait
de ma main, je lui volais un baiser,
elle le reprenait bien vite ; bientôt son
bras soutenait ma tête, et la sienne,
penchée sur mon épaule, me disait encore, et sans proférer un seul mot : « à
toi, tout à toi, rien sans toi... » Et je
ramassais ma fourchette, et une minute après je la laissais retomber encore.
Je m'égarais ; mais un regard, un seul
regard si doux, si suppliant.... je m'ar-
rêtais. Quel empire a sur moi cette
femme charmante! tout mon être est
embrâsé de mille feux, le sang bouil-

lonne en mes veines , et un mot , un seul mot d'elle calme les transports les plus ardens. Quoi, lorsqu'elle a dit avec cet accent vibrant d'amour : « Emile , mon Emile, je t'en prie, » toutes mes passions se taisent, tous mes désirs sont suspendus ...! Tels ... mais non, pas de comparaison : du sublime au ridicule , il n'est qu'un pas ; j'ai peur de le franchir.

« C'est une fièvre que l'Amour, » dis-je à Elnior quand nous fûmes au dessert ; « c'est une véritable fièvre, Rousseau l'a dit, et Rousseau s'y connaissait ; or j'ai vu dans un traité de médecine-pratique que la première chose à faire quand on a la fièvre, c'est de se mettre au lit ; et pour cette fois, mademoiselle, je décide que nous avons absolument besoin de nous coucher. »

Voilà ce que l'on appelle en droit un

argumentum ad hominem. Elnior ouvrit la bouche, et comme je craignis que ce ne fut pour me chicaner sur mon remède contre la fièvre, je ne lui laissai pas le temps d'articuler un seul mot.... Je m'élançai sur mon canapé, et au bout de cinq minutes, je ronflais comme un coup de canon.

Si non è vero, bene trovato.

Si cela n'est pas vrai, cher lecteur, convenez que c'est bien trouvé.

Tout passe et tout s'éclipse : c'est une vérité un peu triste, mais toutes les vérités sont à peu près comme cela.

Or la nuit passa, le jour vint, et voici ce que me dit Elnior, quand elle m'eut rendu le bonjour que je lui avais prêté.

« Ecoute, mon ami : la fortune, en me faisant ce que je suis, m'a im-

posé des obligations qui sont gravées
dans mon cœur ; j'ai la vanité de ne
pas me croire une femme tout-à-fait
ordinaire, et j'ai l'orgueil de vouloir
que mon amant ne soit pas un homme
vulgaire ; c'est te dire assez ce que
j'exige de toi. Ton étourderie a ren-
versé les plans que j'avais formés pour
ton avancement ; il ne faut plus y
penser, mais songe qu'avec tes talens
et l'éducation que tu as reçue, tu ne
dois pas rester longtemps confondu
dans la foule de ces soldats de circonstance, qui naissent et meurent dans le
cercle étroit où le sort les a placés. Mon
amour t'impose des devoirs : plus heureux que bien d'autres, si tu te dis-
tingues sur le champ de bataille, je
serai là pour t'en offrir ou t'en faire
obtenir la récompense ; mais je suis
assez fière pour ne pas vouloir que tu

doives à la faveur ce qu'on ne doit accorder qu'au mérite. »

Chère Elnior ! que pouvais-je te dire ? mes yeux, plus éloquens que ma bouche, te peignirent ma reconnaissance.

« Tu t'ennuies dans cette ville où languit ton courage, continua-t-elle ; mais tu n'y resteras pas longtemps ; aujourd'hui même, ton régiment passera le Rhin. Nous allons nous séparer, mais ce ne sera pas pour longtemps ; je vais, sous peu de jours, devenir entièrement maîtresse de mes actions, et je te suivrai : de loin il est vrai, ajouta-t-elle en riant, mais enfin tu me trouveras toujours là pour te tresser des couronnes, si tu les mérites, ou pour panser tes blessures, si le destin veut te faire payer cher ses premières faveurs.

» Et sur ce, ma jolie femme de chambre, avant de nous séparer, vous allez avoir la complaisance de vouloir bien aider à ma toilette. »

Rien de plus doux que le plaisir d'habiller une jolie femme ! J'étais dans ce nouvel apprentissage d'une maladresse à mourir de rire, et quelquefois même, soit dit tout bas, je faisais malicieusement, frauduleusement et à dessein, de légères gaucheries ; sa bouche voulait me gronder de mes folies, je jurais d'être plus sage, je faisais pis encore, et je suis forcé de vous apprendre, à mon propre détriment, qu'à peine le corset et le jupon furent-ils convenablement placés, que j'exigeai qu'elle me donnât un baiser pour récompense de la besogne que je venais de faire.

Il y avait fraude de ma part ; mais

les hommes sont si despotes ! il fallut
que la maîtresse cédàt à la femme de
chambre : cela ne se voit pas tous les
jours, et voilà justement pourquoi
j'en fais mention.

Ce fut bien pis quand il fallut ajuster
le joli bas à jour sur un pied, une
jambe, qui eussent servi de modèle au
peintre des Gràces. Nouvelles folies,
avant même que les deux bas fussent
mis. Je vous assùre que c'est une chose
réellement terrible que la toilette d'une
jolie femme. Amans, qui n'avez jamais habillé celle qui fit battre votre
cœur, que je vous plains ! que de plaisirs légers, de ces riens indéfinissables
auxquels l'amour prête tant de charmes ! combien de ces jolies choses vous
sont échappées ! ah ! s'il en est temps
encore, réparez votre négligence...

Elle est prête enfin : c'est fort heureux, il n'y a que cinq quarts d'heure que sa toilette est commencée, et tout cela pour passer une robe de mousseline, tourner ses cheveux, et ajuster un collet brodé à la François premier. Oh! c'est une chose bien expéditive d'appeler un jeune homme amoureux à la toilette d'une jolie femme!

Il n'est pas de bonheur durable; à des minutes de plaisir succèdent des années d'ennui : cette vérité est cruelle, mais, hélas! c'est une vérité.

Il fallut me séparer d'Elnior. Sans prévention, elle n'aime pas plus que moi : c'est impossible; mais elle a plus de courage; pourquoi cela? c'est qu'elle sait mieux aimer. « J'ai du regret de me séparer de toi, me dit-elle, mais il le faut pour ton intérêt comme pour le mien; l'ennui naquit un jour de l'uniformité, et peut-être te fatigue-

rais-tu bientôt de mes caresses qui te
sont si chères aujourd'hui ; ce n'est que
dans les âmes vulgaires que l'absence
tue l'amour ; le nôtre y survivra ; tu
ne m'en reverras qu'avec plus de plaisir ; et moi, moi, tu sais combien je
t'aime ; que pourrais-je te dire de
plus ? »

Nous sommes tout fiers, nous autres hommes, de nos discussions pé-
dantesques et métaphysiques sur les
sentimens du cœur ; et pourtant soyons
francs une bonne fois : combien nous
sommes loin d'aimer et de parler amour
comme les femmes ! celle dont l'esprit
est le moins développé, est encore dans
le cas de nous donner des leçons dans
cette science-là.

Qu'il est cruel, qu'il est difficile à
prononcer ce mot d'adieu !

Enfin, le voilà dit ; j'ai cueilli sur

ses lèvres de rose un dernier baiser, et pourtant je ne fais pas un pas pour m'en aller.

« Je ne te chasse pas, me dit-elle avec douceur; j'aimerais bien mieux t'enfermer avec moi, mais ton devoir t'appelle.

— Elnior! — Mon ami.... — Encore un baiser!... — Non, mon ami, non; vous n'êtes pas raisonnable : va-t-en.

— Pas raisonnable! et c'est justement pour l'être pendant ton absence, que je te tourmente ainsi : je veux faire provision de sagesse.

— Le moyen est singulier, dit-elle en riant; non, non, monsieur. »

Sa bouche disait non, mais ses yeux disaient oui : je connais si bien ce langage là, et je n'en voulus pas connaître d'autre; que pouvait-elle objecter encore? J'obtins ce dernier baiser : je l'aurais pris de force, si elle eût résisté plus longtemps. Oh ! c'est que je suis terrible, moi, voyez-vous....

C'était reculer pour mieux sauter ; et le mot d'adieu fut prononcé une seconde fois.

Quelle différence de notre caserne à la chambre d'Elnior ! et quelle différence de mon colonel à cette femme charmante ! Je lui devais une visite, à ce colonel, je la lui fis. Il me reçut parfaitement : c'est une si belle chose que la protection d'une jolie femme !

Je n'eus rien de caché pour Roch. « Non d'une citadelle ! c'est bien de sa part, je t'assure. Je t'avoue franchement que je n'avais pas une haute opinion de cette femme là ; mais ce qu'elle fait pour toi est si délicat, que je reviens sur son compte, et je le lui dirai à la première occasion. Tu verras, gar-

çon, si Roch sait tourner un compli-
ment ; tu verras. »

Et comme il achevait cette éloquente
péroraison, dont je n'entendis pas un
mot, attendu que j'étais plongé dans
mes rêveries, le boute-selle se fit entendre, et nous partîmes.

CHAPITRE VII.

Gloire !

Tout Français, s'il le faut, doit mourir pour
  la France.
J'estime le héros dont la mâle vaillance
Sait, dans les champs de Mars, conquérir des
  lauriers ;
Mais je hais le moteur de ces guerres cruelles,
Qui, pour de vains projets, de futiles querelles,
Fait marcher au trépas la fleur de nos guerriers.

La Veuve du soldat.

Si je rapporte un grand nombre de faits relatifs à cette campagne, je déclare ici que je ne me permettrai sur elle aucune réflexion politique : je rapporte des faits, et tout esprit de parti est hors de mes attributions.

Si j'appelle constamment le chef de

la nation, à cette époque, tout simplement Bonaparte, ce n'est pas parce que l'Angleterre ne voulut jamais lui reconnaître d'autre nom : l'Angleterre a fait à son idée, moi, je fais à la mienne, et ces deux idées là ne se ressemblent pas du tout. J'emploie le nom de Bonaparte, parce que c'est celui que j'aime le mieux, et celui qui, selon moi, fait le plus d'honneur à l'homme.

Si je rapporte quelques unes de ses proclamations, c'est parce qu'elles sont historiques, et voilà tout ; je serai, relativement à ces proclamations, encore plus avare de réflexions : j'en serai d'autant plus avare que j'avoue franchement qu'elles ne lui sont pas favorables.

Fils de la Liberté, tu détrônas ta mère !

a dit, avec justesse, Casimir Delavigne à cet homme extraordinaire ; et je pense

comme lui. Quelle que soit la magnifi-
cence du tombeau sous lequel il enterra
la liberté, il ne l'en détruisit pas moins,
et voilà justement le motif de la froideur avec laquelle je parlerai de ce
guerrier, et de l'enthousiasme avec lequel je décrirai nos victoires. Revenons.

Nous brûlions tous du désir de franchir le Niémen, et ce désir était bien
fondé, car nous espérions trouver
enfin de l'autre côté de ces rives des
ressources un peu plus abondantes que
celles que nous offrait le triste sol de la
Pologne. Nous n'avions rencontré depuis notre arrivée dans ces parages,
que des Juifs crasseux et dégoutans;
fatigués de leur aspect sale et misérable, nous disions tous que la Pologne
n'était autre chose que l'ancienne Ju-

dée, où l'on rencontrait par hasard quelques Polonais.

Enfin, le 23 juin, trois ponts furent jetés sur ce fleuve, où, cinq ans auparavant, le Czar et Bonaparte s'étaient juré une éternelle amitié !...

L'armée se mit en mouvement sur les huit heures du soir ; le 24 et le 25 furent employés à passer le fleuve ; et le 27, notre cavalerie légère n'était plus séparée de Wilna que par une dizaine de lieues.

Le lendemain, les Russes quittèrent cette ville, et se retirèrent derrière la Wilia ; une députation composée des principaux habitans, vint présenter les clefs à Bonaparte ; nous y entrâmes, et nous vîmes avec douleur que les Russes en avaient incendié les magasins, système qu'ils soutinrent constamment pendant toute la campagne, et qui nous causa tant de mal.

L'ennemi fut poursuivi sur la gauche de la Wilia, et le capitaine Octave de Ségur, ayant été blessé dans une charge de cavalerie, fut le premier qui, dans cette fatale expédition, tomba au pouvoir de l'ennemi.

L'Empereur de Russie, qui, depuis six semaines, séjournait à Wilna, avait inspecté ses armées, et reconnu les principaux passages du Niémen. On dit qu'il allait nous en disputer le passage, mais qu'au moment où il se préparait à donner le signal, le général Barclay de Tolly tomba à ses genoux, et le supplia de ne point compromettre le salut de ses états, en combattant une armée formidable à laquelle rien ne pouvait résister. « Laissez passer Napoléon comme un torrent, ajouta-t-il ;

laissez cette fougueuse armée se dé-
truire d'elle-même dans des déserts
dont elle n'a pas soupçonné l'existence,
et réservez toutes vos forces pour les
employer lorsque celles de l'ennemi
commenceront à s'affaiblir. »

Alexandre garda quelques momens
le silence, puis il ordonna la retraite
sur la Dwina et le Nieper.

En arrivant à Wilna, on pût lire
encore la proclamation russe qu'avait
fait le Czar, au moment où Bonaparte
franchît le Niémen; elle peignait assez
bien la modération du Souverain qui
l'avait dictée ; je n'en rapporterai que
la dernière phrase qui n'eut pas, je
crois, été désavouée par nos meilleurs
orateurs Français.

« Il n'est pas nécessaire de rappeler
» aux commandans, aux chefs et aux
» soldats, leur devoir et leur bra-

» voure : le sang des valeureux Escla-
» vons coule dans leurs veines. Guer-
» riers , vous défendrez la patrie , la
» liberté et la religion ; je suis avec
» vous , Dieu est contre l'agresseur. »

Le 29 , le quatrième corps, resté en
observation derrière le Niémen , passa
enfin le fleuve en présence du prince
Eugène ; mille acclamations furent
poussées en son honneur , et ce grand
capitaine paraissait éprouver une vive
satisfaction de voir enfin voler à la
gloire des soldats qu'il avait créés , et
surtout de leur voir , à six cents lieues
de leur patrie , observer la même tenue
et le même ordre que s'ils manœu-
vraient sur la place de son palais.

A peine eûmes-nous franchi le Niémen , que nous crûmes respirer un air
nouveau ; et cependant tout ce qui
s'offrit à nos yeux était au moins aussi

misérable que de l'autre côté ; mais notre imagination exaltée par l'amour de la gloire, nous créait mille illusions qui ne furent que trop tôt dissipées.

En effet, notre séjour à Pilony fut marqué par des disgraces si extraordinaires, que tout homme, sans être superstitieux, aurait pu les prendre pour un présage de nos misères futures.

Dans cet affreux village, nous étions tous entassés sous de mauvais hangars, à travers lesquels l'eau filtrait sans cesse ; la pluie tombant par torrens, accablait les hommes, et surtout les chevaux qui n'avaient point d'abri. Les premiers résistèrent, mais les mauvais chemins achevèrent d'anéantir les derniers. Aux environs de Pilony, on les voyait tomber par centaines, et c'était au mois de juillet qu'on éprouvait déjà le froid, la pluie et la disette.

A Zismori même, le tonnerre tomba sur le bivouac des grenadiers de la garde, et foudroya plusieurs personnes. Tant de désastres ne promettaient rien de bon pour l'avenir ; nous commencions tous à secouer la tête ; mais le soleil reparut sur l'horizon, les nuages du ciel se dissipèrent, et ceux qui obstruaient notre imagination disparurent.

Tel est l'heureux caractère du soldat : un instant de plaisir le dédommage d'un mois de souffrances ; mais les officiers, plus instruits, ne partageaient pas cette gaieté, et si quelques victoires n'étaient pas venues ranimer notre courage et réveiller notre enthousiasme, le découragement eut gagné toute l'armée.

Wilna était alors le théâtre d'une scène bien imposante, et peut-être sans exemple dans l'histoire des nations.

Les étendarts polonais flottaient sur les murs de l'ancienne capitale des ducs de Lithuanie, et le retour de ces bannières chéries excitaient l'enthousiasme de tous les habitans, en rappelant de brillans souvenirs à ceux qui chérissaient la gloire de l'ancienne patrie. Qui aurait pu davantage rappeler ces idées de gloire et de splendeur, comme de revoir sur les bords du fleuve de la patrie, les guerriers qui avaient, pendant leur long exil, illustré le nom polonais, sur les rives du Nil, du Tibre, du Tage et du Danube!

Mille cris de joie s'élevaient dans les cieux, et le peuple se portait en foule sur leurs pas ; tous voulaient les voir, tous voulaient graver dans leurs cœurs l'image de ces braves compatriotes ; et tous enfin étaient animés du noble dé-

sir de marcher sous les mêmes dra-
peaux : chacun croyait voir renaître sa
patrie.

« Malheureuse Pologne, disais-je à
Roch, si elle savait que celui qui la
flatte de l'espoir de recouvrer son in-
dépendance, est le plus grand ennemi
de la liberté des peuples, elle ne croi-
rait pas à ses pompeuses promesses ; et
au lieu de se livrer à cette fausse joie,
elle pleurerait le malheur et l'esclavage
qui doivent peser longtemps encore sur
ses misérables contrées. »

Hélas ! cette malheureuse nation ne
conserva pas longtemps de brillantes
espérances. On découvrit bientôt les
vues de Bonaparte, sous le voile trompeur qui les environnait. Il voulut as-
sujétir aux mêmes lois et au même
sceptre des pays aussi différens que la
France et la Pologne. Il organisa onze

sous-préfectures qui ne produisirent aucun bien ; car tel fut le désordre qui régna dans cette contrée à l'époque de sa prétendue régénération, que le sous-préfet de New-Troki, venant de Wilna pour prendre possession de son emploi, fut attaqué et dévalisé par des traînards dans ce court voyage, et arriva à pied, dans un état si misérable, que nous prîmes tout bonnement M. l'administrateur général de New-Troki pour un espion Polonais.

Après Wilna, nous avançâmes encore par des marches fatigantes et des chemins presqu'impraticables ; L'ennemi cependant ne contribuait pas à rendre notre position plus fâcheuse, car nous parvinmes jusqu'au bord de le Dwina sans qu'une seule rencontre nous forçat au combat.

Cette conduite des Russes qui fuyaient

toujours à notre approche, nous ins-
pirait la plus grande surprise; elle
était interprétée de plusieurs manières:
elle paraissait aux uns l'effet de la faiblesse et de la crainte, et aux autres le
résultat d'un plan prémédité.

« Où sont, disait-on de toutes parts,
ces Russes qui, depuis cinquante ans,
sont la terreur de l'Europe, et les con-
quérans de l'Asie? La puissance de ce
peuple, n'est qu'une puissance factice,
créée par des écrivains gagés par cette
nation, ou des voyageurs mensongers;
elle n'existe que dans l'imagination, et
le prestige a disparu du moment que
nous les avons attaqués. »

Mais ces vieux vétérans de la gloire,
les guerriers des pyramides et de Marengo, hochaient la tête : « les hommes
sont des hommes partout, disaient-ils;
les Russes doivent aimer leur patrie

comme nous aimons la nôtre, et cette retraite continuelle est peut-être un piège. »

En continuant notre mouvement et en cotoyant la Bérésina et Poula, nous arrivâmes le 24 juillet à Bezenkowitschi, où l'ennemi se trouvait. A notre approche, il battit en retraite, et passa la Dwina sur ce point. Le prince Eugène s'avança jusque sur le bord de cette rivière, tandis que les tirailleurs Russes, qui étaient embusqués dans les maisons du village qui se trouvait de l'autre côté de la rivière, ne cessaient de faire feu sur nous.

Nous crûmes qu'une affaire sérieuse allait s'engager, mais elle n'eut lieu que le surlendemain, au bourg d'Ostrowno, où nous livrâmes un combat qui nous ouvrit les portes de Witepsk.

Le combat d'Ostrowno ne fut qu'une

escarmouche, en comparaison des grandes batailles si familières aux armées françaises.

Les balles cependant nous sifflaient dans les oreilles avec une persévérance inquiétante ; de temps en temps un boulet arrivait jusqu'à nous ; c'était la première fois que je me trouvais au feu, et j'avais le sang-froid le plus glacial, le plus morne. Une balle fit faire un demi-tour au bonnet de Roch. « Tu as beau faire, dit-il avec tranquillité, je veux que mon bonnet soit comme ça, et il y restera. »

Par une de ces bizarreries inconcevables de la nature, la tranquillité de Roch, au lieu de redoubler la mienne, me l'enleva : et pourquoi le dissimulerai-je, ne suis-je pas homme tout comme un autre ? une espèce de frisson s'empara de moi.

« Tu trembles, me dit Roch qui m'observait attentivement.

— C'est que les balles, les boulets... dis-je en balbutiant.

— Le canon, les balles, répondit-il d'une voix ferme, cela tue, et la lâcheté déshonore : en avant, et je réponds de toi.... »

Je n'eus pas le temps de reprendre la parole. « Grenadiers! au galop! » s'écria notre colonel : et nous nous élançâmes.

Une fois que le Français est au galop, et qu'il a respiré l'odeur de la poudre, la peur s'évanouit ; ce fut ce qui m'arriva, et je puis dire que je me battis tout aussi bien qu'un autre.

« Si l'on y pensait un peu, dit notre colonel à Roch, tandis qu'une batterie ennemie, chargée de protéger le village, nous foudroyait ; si l'on y pensait un peu , on serait bien tenté de changer de place.

« — Oui , mon colonel , si l'on y pensait un peu ; mais nous y pensons beaucoup , et c'est pourquoi nous restons. »

Réponse admirable , et qui caractérise si bien celui dans la bouche duquel elle se trouvait.

Il ne suffit pas d'être brave , il faut être heureux. Que de vieux guerriers blanchis sous les armes , et couverts d'honorables blessures , n'ont jamais trouvé l'occasion de se distinguer par quelque coup d'éclat , qui les tirât de leur obscurité ; et moi, moins brave qu'eux peut-être , moi , si jeune encore , et qui marchais au feu pour la première fois , j'eus ce bonheur-là ; et je trouvai le moyen d'attirer sur moi les regards d'une manière honorable.

Une colonne supérieure à la nôtre fondit sur nous, une mêlée effroyable s'en suivit ; moi et Roch, qui ne me quittait pas, nous nous trouvâmes séparés de nos compagnons, et rejetés tout-à-fait sur la gauche.

« Diable ! diable ! disait Roch, garde à nous. »

A quelques pas de là, nous aperçûmes à travers un nuage de poussière et de fumée, un Russe chamarré d'ordres et de croix, qui courait çà et là d'un air désespéré, suivi de quelques Russes qui, comme nous, s'étaient trouvés détachés de leur colonne.

« Tiens, dis - je à Roch, regarde donc, voilà un prisonnier à faire.

— Tu as ma foi raison, me répondit-il ; en avant !.... »

En un temps de galop, nous sommes

près des Russes qui nous accueillent à coups de carabine.

« Ah ! c'est à dire que vous ne voulez pas vous rendre, s'écrie Roch furieux, vous ne voulez pas vous rendre ; eh bien, corbleu ! nous allons voir. »

Il passe adroitement près du prisonnier que nous convoitions, lui arrache les guides de son cheval, pique des deux, et entraîne le cheval russe et son cavalier.

« Débarrasse-nous de cette canaille qui veut nous gêner, me dit-il, et vite au galop. »

Cela était plus facile à dire qu'à faire ; j'étais seul contre cinq, mais j'eus le bonheur d'en mettre trois hors de combat, et les deux autres ne voulurent plus me suivre.

Mon cheval était couvert de bles-

surès, et moi également, mais je ne
les sentais pas, et je piquai des deux
pour rejoindre Roch.

« Es-tu blessé, me demanda-t-il,
en voyant du sang à mon bras ? je parie que ces coquins-là auront eu le
front de se défendre.

—Mais un peu, lui dis-je en souriant ; au surplus, ce n'est qu'une
égratignure qui ne vaut pas la peine
d'en parler.

— C'est bien ça, garçon ; je t'avais
bien dit que tu te conduirais comme
un ange : bon sang ne ment jamais ; du
courage, ventrebleu ! et tout ira bien.»

Un peu avant de rentrer, nous ren-
contrâmes le brave général A**, dan-
gereusement blessé, et qui était trans-
porté par quatre prisonniers russes.
Roch l'aperçoit : « En arrière, dit-il
aux russes, en descendant de cheval

et en mettant pied à terre ; en arrière. »
Puis il saisit le brancard, en ajoutant :
« ce n'est qu'à des soldats français
qu'appartient l'honneur de porter un
général français blessé. »

Le général rentra ; nous lui présentâmes notre prisonnier ; il resta seul
avec lui quelques minutes, ensuite il
nous fit appeler.

« Morbleu, nous dit-il à l'oreille,
c'est un prisonnier d'importance que
vous avez fait là : c'est le commandant
général de l'artillerie russe ; je veux
que vous le présentiez vous-mêmes à
l'Empereur ; vous devez en avoir tout
l'honneur. »

Moi et Roch nous le remerciâmes.
« Je n'ai pas oublié, jeune homme,
ajouta-t-il en s'adressant à moi, que
vous m'êtes puissamment recommandé,

et je suis heureux de satisfaire à la fois mon devoir et mon plaisir. »

Le soir même, Bonaparte parcourut l'armée ; notre colonel alla au-devant de lui, et lui demanda la permission de lui présenter un prisonnier important, ainsi que les deux grenadiers qui l'avaient capturé.

On nous fit appeler, et nous nous présentâmes avec notre russe.

« Général (dit ce dernier à Bonaparte, ne sachant pas à qui il parlait), » faites-moi fusiller, je viens de perdre » toutes mes pièces.

« — Jeune homme, » lui répondit Bonaparte, « j'apprécie vos larmes ; » mais on peut être battu par l'armée » française, et avoir encore des titres » à la gloire. » (*)

(*) Anachronisme. Ce fait est arrivé à Austerlitz, et non en Russie.

« C'est vous, mes braves, qui m'avez amené ce prisonnier? dit-il en s'adressant à nous. — Oui, Sire. — Quelle récompense désirez-vous?

— Sire, dit Roch, je vous remercie, je n'en désire aucune; quant à mon ami, c'est différent : donnez-lui la sienne et la mienne et tout sera fini par là.

— Tu n'en veux pas : et si je t'offrais la croix?

— Je ne la mérite pas, Sire; quand je la mériterai, je vous la demanderai.

— Et toi, ajouta Bonaparte, en se tournant vers moi; tu me parais bien jeune : quel âge as-tu? — Dix-huit ans, Sire. — Pourquoi sers-tu? — Parce qu'avec du courage, quelques connaissances, et votre majesté pour chef, on ne peut manquer de parvenir.

— J'aime ta réponse, tu passeras

lieutenant, et j'aurai soin de toi : quant à ton bourru d'ami, il aura la croix quand il voudra. » Et il disparut.

« Eh bien, me dit Roch en se frottant les mains; heim, qu'est-ce que je t'avais dit? que tu ferais ton chemin dès la première affaire : lieutenant, et de là..... ah, ça ira, morbleu, ça ira, j'en étais sûr.

— Mais toi.....

— Je t'ai déjà dit que je ne voulais être que soldat; ne vas-tu pas me tourmenter aussi, toi... de quoi vous mêlez-vous, je vous demande un peu? puisque je me trouve bien comme je suis, moi; que diable voulez-vous donc de plus?

— Mais songe donc qu'un lieutenant, d'après les devoirs qu'impose la discipline, ne peut faire société avec un simple grenadier...

— Ah diable, tu as raison, je n'a-
vais pas songé à cela... Eh bien, sois
tranquille, garçon, à la première affaire,
je réponds bien... sois tranquille, je ne
te dis que ça. »

Le lendemain, les deux blessures que
j'avais reçues me faisaient cruellement
souffrir, et je fus forcé de rester à Witepsk, ce qui me contraria beaucoup :
un bon Français ne passe qu'avec dé-
plaisir son temps dans les hôpitaux.

Insensé que j'étais! je murmurais
contre le destin, et c'était au moment
où il me réservait encore quelques unes
de ses plus douces faveurs. Tel est
pourtant le caractère de l'homme; il
commence d'abord par jeter feu et
flamme contre les petites disgrâces qu'il
éprouve; et puis, peu de temps après,
il est presque toujours forcé de dire : il
est encore heureux que cela me soit arrivé; car, sans cela....

Aucune de mes deux blessures n'é-
tait dangereuse, et peu de jours suffi-
rent pour en opérer la guérison complète. Je n'en fus pas fâché, je commençais déjà à m'ennuyer *souverainement*;
c'est une expression vulgaire que l'u-
sage a consacrée, je ne sais pas trop
pourquoi, à moins que l'on ne pré-
tende dire par là que les souverains
s'ennuyent bien plus complettement
encore que leurs sujets ; ce qui serait
du reste très-possible : il y a tant de
choses extraordinaires dans ce bas
monde.

« C'est singulier, me disais-je, en
faisant mes préparatifs pour rejoindre
l'armée ; je suis tellement habitué à
Roch maintenant, qu'il m'est presque
impossible de vivre sans lui ; encore si
Elnior.... Elnior, elle m'avait pourtant promis de m'écrire.... de m'écrire,

et où? les armées françaises vont si
vite.... la lettre, n'aurait jamais pu
me rattraper, c'est vrai : mais cela n'en
est pas plus amusant. »

Et à l'instant où je fis cette réflexion,
mon Esculape qui est entré, et qui
vient de me tâter le pouls, me dit :
« A propos, j'ai un billet à vous remettre.

— Un billet, à moi ?

— Oui, à vous ; le voilà....

— Un billet à Witepsk ! oh ! comme
le cœur me bat !.... aurais-je deviné la
main qui m'écrit ? oui, c'est bien elle.

« Mon ami,

» Tu es à Witepsk ; j'y suis aussi,
» à l'hôtel de Moscow, place Impé-
» riale ; je t'attends, j'ai bien des
» choses à te dire. EDMOND. »

« Et moi donc, m'écriai-je, en sautant comme un fou.; depuis plusieurs mois que je n'ai causé qu'avec des camarades, je me sens une démangeaison de jaser, mais une démangeaison.... certainement que j'ai bien des choses à lui dire.

—Qu'avez-vous donc, jeune homme, me dit le docteur qui m'examinait avec le plus grand sang-froid et en prenant sa prise de tabac ?

— Eh, mon cher docteur, c'est elle qui m'écrit....

— Comment elle ?

— Ah ! pardon, cher docteur, c'est que, voyez-vous, on m'attend.... »

Et là-dessus, je me sauve comme un voleur qui a toute la gendarmerie à ses trousses, laissant là mon docteur tout ébahi, et qui me suivait tout doucement, de loin toutefois, en me répétant : « doucement, donc, jeune homme, vous vous échaufferez le sang ; vos blessures.... »

Bah ! mes blessures ; il est bien question de cela, et j'avais bien le temps d'y songer, quand elle m'attendait.

J'aurais beaucoup mieux fait cependant de ne pas tant me presser, je serais probablement arrivé plutôt. J'eus la folie de courir çà et là dans Witepsk, sans penser que j'ignorais complettement où était situé l'hôtel de Moscow, et que la première chose que je devais faire était de m'en informer. Franchement, je vous le répète encore de peur que vous ne l'oubliez, c'est une bien jolie chose que l'amour ; c'est dommage toutefois que cela détraque de temps en temps les têtes les mieux organisées ; ainsi jugez si la mienne....

Je finis par où j'aurais dû commencer : vaut mieux tard que jamais ; et

tout cela ne m'empêche pas de pester
contre moi-même, et de me donner les
épithètes d'ahuri, d'imbécile, etc. Il
y avait véritablement en moi quelque
chose dans ce genre-là.

Allons, allons, trêve à mon humeur noire ; voilà la place Impériale,
et voici l'hôtel de Moscow.

Vous me direz peut-être qu'Elnior
n'a pas déployé un génie bien inventif
dans ce rendez-vous, et qu'il ressem-
ble comme deux gouttes d'eau au premier ; si vous me dites cela, je vous
répondrai que vous avez parfaitement
raison, mais qu'il n'en est pas moins
vrai qu'il faut que je me conforme à la
vérité, que je ne veux rien prendre
sous mon bonnet, et que dans ce vieux
siècle n'est pas neuf qui veut.

D'ailleurs, qu'importe la manière
de donner un rendez-vous ; si j'avais

voulu vous conter des menteries, j'a-
vais la plume à la main, j'en étais bien
le maître ; il n'aurait tenu qu'à moi
de faire apparaître mon amie au milieu du carnage, sur un champ de bataille ; je vous l'aurais représentée les
yeux baignés de larmes, les cheveux
épars, et me faisant un rempart de
son corps. Je ne dis pas que cela n'eut
pas fait plus d'effet, n'eut pas été plus
poétique, plus byronien, mais cela ne
serait pas neuf non plus, et, vieilleries pour vieilleries, j'aime mieux
vous conter tout bonnement la vérité ;
d'ailleurs elle est si douce, cette vérité.
Il est noble sans doute de faire l'amour
au milieu des boulets de canon et des
balles de mousquet ; cela peut même
être regardé comme héroïque ; mais,
tout bien considéré, il vaut mieux le
faire dans une jolie chambre bien close,

bien tranquille , où l'on peut paisible-
ment jaser de ses petites affaires , sans
craindre qu'un biscayen malhonnête
vienne vous couper le fil de votre discours ; et sur ce point-là , je m'en rapporte à vous , mes chers frères d'armes , à vous qui vous délassez maintenant de vos nombreuses fatigues ,
auprès d'une amie , ou dans les bras
d'une tendre épouse.

Revenons à l'hôtel de Moscow , à la
chambre numéro quatre.

Maudite clef ! chienne de clef ! je la
tourne à droite , et elle ouvre à gauche : deux minutes de perdues. Vous
riez.... Deux minutes auprès d'une
jolie femme , ne valent-elles pas mieux
que deux minutes employées à ferrailler
pour ouvrir une porte ; convenez-en
du moins , et ne riez pas.

La voilà ; c'est elle, toujours de plus en plus jolie.

« Te voilà donc, enfin ? Oh ! combien, mon ami, le temps me paraissait long! combien j'aspirais à cet heureux instant! Deux mois entiers sans te voir, c'est trop, beaucoup trop. »

Décidément, cette femme là a juré de me rendre tout-à-fait fou. Eh ! ne vous effrayez pas, il n'y a pas grand chose à faire pour cela.

« Ah ! » lui disais-je en essayant de rétablir dans son état primitif sa jolie robe, qui s'était trouvée un peu chiffonnée je ne sais comment, « qu'elle m'a semblé longue aussi cette séparation !

— Hélas ! si tu savais, depuis mes derniers momens de bonheur, reprit-elle, par combien de persécutions je les ai payés.

— Que t'est-il arrivé? » lui dis-je d'un air inquiet.

« Tu as un rival.

— Un rival! » Et le sang me montait à la figure avec violence; j'étouffais : « un rival! quel est-il?

— Hélas! je n'ose te l'apprendre.

— Je le veux.

— Ah! tu le veux? Emile, Emile, déjà le ton d'un maître....

— Non, mademoiselle, ce n'est pas le ton d'un maître, mais c'est celui d'un homme qui vous aime, qui est jaloux, et qui prétend user de tous ses droits:

— Ses droits, ses droits! Et quels sont-ils, s'il vous plaît, monsieur? Si vous en avez, des droits, c'est moi qui vous les ai donnés, monsieur, vous devez vous en rappeler; et il ne tient qu'à moi de les reprendre.

— Il ne tient qu'à vous? je m'en dou-

tais; il ne tient qu'à vous! Si vous
m'aimiez comme je vous aime, auriez-
vous la force de me les reprendre, ces
droits dont j'étais si fier, si orgueilleux?
Oh! vous en aurez le courage, vous
ne m'aimez pas.

— Je ne l'aime pas, l'ingrat! et quand
me dit-il cela : quand je sacrifie mon
existence future, quand je viens de re-
noncer, pour lui, à tout ce qui peut
embellir la vie! Je devais m'y attendre:
lorsqu'une femme est assez faible pour
se résoudre à perdre sa propre estime,
elle ne doit plus compter sur celle des
autres. Oh! les hommes! les hommes!
Je ne l'aime pas!... Voyons, monsieur,
que faut-il faire pour vous le prouver:
votre esclave attend vos ordres? » Et
ses yeux charmans étaient baignés de
larmes. Et moi, humilié, confus, je
n'osais la regarder, je me sentais si

honteux de mon emportement. Oh! les maudites passions, les maudites passions.....

« Oh! disait-elle, les hommes ne savent point aimer, leur orgueil s'y oppose; ils craignent de laisser apercevoir la profondeur du sentiment qu'ils éprouvent; cette reserve leur impose une espèce de froideur, artificielle, il vrai, mais qui n'en blesse pas moins une amie. La femme, plus faible, plus expansive, quand elle a donné son cœur, ne pense plus à autre chose; l'amour est son dieu, son idole, son existence; elle n'a plus une pensée, plus un mot qui lui appartienne; elle s'identifie avec celui qu'elle aime; toutes ses paroles, toutes ses actions, sont une inspiration des sentimens qu'elle éprouve: devoir, plaisir, honneur, réputation, elle est prête à tout sacrifier au

moindre désir de l'arbitre de son existence. Tu m'aimes bien, Emile : peu
d'hommes, je me plais à le croire, savent aimer comme toi; cette certitude
efface à mes yeux, tous les chagrins,
tous les maux qui peuvent menacer
mon existence; et cependant, mon ami,
sois franc, m'aimes - tu comme je
t'aime ?

— Je ne sais pas si j'aime autant que
toi, lui répondis-je; mais ce dont je suis
certain, c'est que tout ce que l'amour
peut amasser de force dans notre âme,
existe dans la mienne; et jamais, mon
Elnior, non, jamais un mortel ne
pourra t'aimer davantage. »

Un silence profond succéda à ces paroles ; mais le silence en dit quelquefois plus que de bien longs discours.

« Tu as un rival, reprit Elnior quelque temps après; tu as un rival, mon

ami ; ce rival ne doit nullement inquiéter ton cœur ; mais....

— Je ne veux plus le connaître.

— Il le faut, maintenant ; notre amour, mon ami, va peut-être nous causer bien des peines, et il est absolument nécessaire que tu le connaisses, afin que tu puisses te préparer à tous les événemens.

— Et quel est donc ce rival, et que peut-il contre moi ?

— Il est puissant, très-puissant.

— Eh ! que m'importe ? je porte l'habit français, et une épée : je ne crains personne... C'est donc un bien grand personnage ?

— C'est B.........

— B.........! » Et je restai immobile, comme si j'eusse été frappé de la foudre : je pressentais les fatales conséquences d'une pareille rivalité.

2.   19

« Il me vit à Strasbourg; ma jeunesse, ma fraîcheur, que l'abus des plaisirs n'a point altérée, les talens que l'on daigne me trouver dans la carrière dramatique, tout cela fit, je ne sais comment, une légère impression sur lui. Tu le connais; de petites passions finissent toujours par trouver place dans le cœur des hommes, même de ceux auxquels on donne si pompeusement le nom de grands; il n'est plus habitué depuis longtemps à essuyer des refus : c'est le privilége des têtes couronnées. Un souverain ne croit pas qu'aucune de ces sujettes puisse n'avoir plus d'amour à lui donner, du moment qu'il a la bonté de le demander; ou bien, peut-être, vous font-ils l'honneur de penser que la grandeur des personnages force les hommes ; que de petites vertus, de petits sentimens sont prêts à s'évanouir

devant le sceptre royal ! Quoiqu'il en
soit je lui plus, et il me fit demander.
Qu'aurais-tu fait, Emile ? mets-toi
pour un instant à ma place.

— J'aurais refusé de le voir.

— Je t'estime assez pour avoir deviné
ta réponse : cette réponse fut aussi la
mienne. Je bravai tout pour toi ; je re-
fusai de le voir, je me contentai de lui
marquer qne mon cœur ne m'appartenait plus, et qu'Elnior de B*** ne serait jamais qu'à celui qui posséderait
son cœur.

» B. m'écrivit ; sa lettre était me-
naçante ; il m'enjoignit de mé rendre
sur-le-champ à Vienne ; je lui répondis
qu'à l'instant même je quittais la
France pour ne plus avoir d'ordre à
recevoir de lui. Cette réponse l'irrita ;
il envoya ; mais j'avais pris toutes mes
mesures : j'avais écrit à Paris pour y

casser mon engagement, et quand les émissaires de B. se présentèrent, j'étais partie.

» Je n'osai m'approcher de toi, dans la crainte d'être reconnue : ce n'est que depuis votre entrée en Russie que je te suivis pas à pas. A Wilna je te manquai d'un jour, et voilà pourquoi j'ai le bonheur de te voir aujourd'hui, et pourquoi il ne m'a pas été possible de jouir de ce bonheur là plutôt. M'en veux-tu maintenant ?

— T'en vouloir, chère Elnior ; et de quoi ? des sacrifices nombreux que tu as fait pour moi, des périls de tout genre auxquels tu t'es exposée ? Méchante, c'est sans doute pour te moquer de moi que tu m'adresses une pareille question ? »

Combien mon amour-propre était flatté de la victoire qre j'avais remportée dans le cœur d'Elnior ! et quel homme n'en eût pas été fier ! Que de caresses je devais à mon amie. J'ignore si je la payai comme elle le méritait ; mais elle fut satisfaite, et le doux sourire du bonheur et de l'amour revint errer sur ses lèvres de rose.

Il est bon de vous dire que voilà plusieurs heures que nous jasons, que la conversation fatigue, qu'il est deux heures, et que nous nous mettons à table pour diner.

Diner à deux heures ! va-t-on s'écrier : comme c'est mesquin ; comme c'est bourgeois, comme c'est.... C'est tout ce que vous voudrez, et je passerais volontiers condamnation avec vous sur cet article, sans une petite observation que je vais avoir l'honneur de vous faire. Vous savez que tous les amans sont modestement mis de niveau avec les fous, vous ne pouvez pas me refuser cela, c'est un fait trop connu : eh bien, à présent, allez voir à Charenton, à quelle heure dinent les fous, et vous verrez.

« Hélas, lui dis-je, quand j'eus diné, je suis heureux aujourd'hui, mais demain il va falloir te quitter encore ; il faut que je rejoigne.

— Tu ne partiras pas seul, me dit-elle avec expression, je te suivrai.

— Quoi ! tu veux....

— Oui, mon ami, tu as éveillé dans mon cœur des sensations qui m'avaient jusqu'alors été inconnues, et qui ont maîtrisé tout mon être. J'ai tout oublié, tout sacrifié pour toi ; quand je dis sacrifié, j'ai tort ; ce n'est pas un sacrifice que je t'ai fait, car c'est autant mon propre bonheur que le tien. Je ne peux plus être heureuse loin de toi, et je te suivrai : si tu ne t'y opposes pas cependant, mon ami, ajouta-t-elle par réminiscence; mais je t'assure que si tu t'y opposais, tu me ferais beaucoup de peine. »

Que pouvais-je lui répondre ? je ne pus que l'embrasser.

- « Combien je suis chagrin, lui dis-je, de ne pouvoir légitimer la démarche que tu veux risquer pour moi; mais tu le sais, mon amie, si la religion n'a point encore sanctifié les nœuds qui nous unissent, ce n'est pas ma faute.

— Je connais ton cœur, me répondit-elle, et je n'ai jamais douté de toi; mais nous reverrons notre patrie, et alors, Emile, je te rappellerai ce que tu me dis aujourd'hui, non pas que je croie qu'un titre de plus t'attache maintenant davantage à moi, mais parce que j'ai pensé que si des circonstances indépendantes de la volonté , pouvaient excuser des nœuds illégitimes , ceux-là étaient véritablement coupables , qui pouvaient les faire légitimer par les lois et la religion, et ne le faisaient pas. Mais laissons ce sujet , et songeons aux préparatifs du voyage.

» J'ai profité de l'honorable intérêt que m'ont toujours témoigné d'illustres personnages , pour t'être utile ; je me suis étayé de l'affection particulière que tu as inspirée au maréchal O***, et j'ai obtenu , pour ton avancement , des promesses que le prince Eugène doit réaliser à ton arrivée auprès de lui : tu as débuté dans cette carrière périlleuse d'une manière assez brillante pour justifier l'honneur que ce prince pourra te faire , et moi je suis la plus heureuse des femmes d'avoir pu tresser la couronne que tu as méritée. »

Le lendemain, dès le grand matin, nous montons dans une méchante carriole, que nous appelons pompeusement notre voiture ; l'amour y monte avec nous, et sa présence rend le trajet charmant : car ce fripon-là a le talent d'embellir tous les objets auxquels il touche.

Je passe rapidement sur tous les détails de ce voyage ; je ne vis rien, absolument rien ; Elnior était avec moi : fiévre d'amour m'embrâsait plus que jamais ; je ne vis qu'Elnior, je n'entendis qu'Elnior !

Nous arrivâmes à Smolensk. Bonaparte y était ; le prince Eugène s'y trouvait également, et vous devez vous reppeler que nous avions des lettres à lui remettre.

La garde était à Smolensk, et mon premier soin fut de chercher Roch : j'eus toutes les peines du monde à le rencontrer. Il ne m'attendait pas sitôt ; et il était allé chez un Français retiré en Russie, et y tenant auberge, voir un peu si le vin du pays valait celui de France.

Je le déterrai enfin ; il était en train de jouer à la drogue avec un camarade. Du plus loin qu'il m'aperçut, il se leva et jeta les cartes au nez de son adversaire.

« Tiens, tu as gagné, lui dit-il. » Et il accourut au-devant de moi. « Ah ! te voilà, nom d'une citadelle ! je suis content ; et touche là morbleu ! Ah ça, j'espère que te voilà des nôtres, maintenant, toi et ce monsieur là, qui sans doute est ton camarade ?

— Oui, mon ami.

— Eh ! mais, » s'écria - t - il après avoir examiné attentivement le camarade, « Eh ! mais, le diable m'emporte si ce n'est pas....

— Chut !... » dit Elnior en mettant un doigt sur sa bouche.

« Chut !... ah ! c'est bon ! je comprends. Mais ne restons donc pas comme ça debout, ça casse les jambes, et on est mal à son aise pour parler. »

Il nous conduisit dans une salle, dont un bout de toile avait fait un cabinet particulier, et ce fut là que nous nous installâmes.

Ah ça, mais, dit-il, est-ce que.... madame.... tu m'entends, voudrait aussi se donner le plaisir de frotter les Russes ?

— C'est à quoi j'espère bien m'opposer, répartis-je vivement ; je ne souffrirai certainement pas....

— Si, mon ami, tu le souffriras ; c'est l'unique moyen que je connaisse de ne pas te quitter ; et je veux l'employer. Je n'ai pas la prétention de passer pour une femme intrépide et courageuse : cela n'est pas, il s'en faut ; mais l'odeur de la poudre à canon ne tue pas plus les femmes que les hommes ; et mourir par un boulet près de toi, vaut mieux encore que de mourir de chagrin loin de toi : ainsi ne cherche pas à me détourner de ma résolution, et attache-toi plutôt à m'instruire de mes nouveaux devoirs. »

Je fis encore quelques efforts pour lui faire changer de sentiment : elle fut inébranlable, et s'appuya même de l'autorité de Roch qui, militaire dans l'âme, trouvait cela superbe.

« Eh ! parbleu, cela ne m'étonne pas, dit-il ; j'ai écrit, il y a quelques

mois, à une petite femme de ma connaissance à Paris, de prendre à l'instant
le schakos et la giberne, pour venir
me rejoindre.

— Ah! morbleu, m'écriai-je, si elle
vient, ce sera fièrement drôle.

— Elle viendra, répondit-il froide-
ment, je la connais.

— Elle ne viendra pas, dit Elnior
en riant.

— Allons donc, madame, est-ce que
vous croyez être la seule femme courageuse de la France? Et toi, luron,
apprends que ma Jeannette est folle de
son Roch, comme madame, pardon de
l'expression, est folle de toi.

— Ta Jeannette, lui dis-je, frappé
d'un ancien souvenir?

— Oui, ma Jeannette; une petite
Champenoise, vive, alerte....

— Champenoise de Vitry? » lui demandai-je, pour savoir à quoi m'en tenir, sans trahir le secret de mes anciennes liaisons.

« Non, garçon, pas de Vitry, mais de Châlons. Est-ce que tu la connaitrais ?

— Non... c'est le nom seul qui m'avait fait penser; mais celle à laquelle je pensais est de Vitry, et n'a jamais, je crois, quitté son pays. » Et la conversation fut détournée.

« Diable m'emporte! mon cher, tu as bien fait d'arriver. Tiens, à te parler franchement, je regrette les vieux camarades que je commande à présent.

— Que tu commandes! Eh! c'est vrai, je n'avais pas fait attention à cela, te voilà capitaine !

— Oh! mon Dieu oui, ajouta-t-il avec un soupir; jadis je buvais sans façon, avec les amis, une vieille bouteille de vin, pour reparer mes fatigues ; à présent, bernique, il faut que je boive tout seul comme un imbécille ; il n'y a rien d'ennuyeux comme ça. »

Un moment de silence succéda à ces paroles ; puis le plaisir de nous retrouver ensemble, dissipa de nouveau les tristes pensées qui nous agitaient. Une conversation enjouée et amusante s'entama ; Roch modérait ses expressions, le plus qu'il lui était possible, par égard pour Elnior ; mais bientôt l'habitude l'emportait sur cette réserve factice ; un juron lui échappait, qu'il faisait suivre sur-le-champ d'un : pardon, madame ; un vieux soldat, voyez-vous.... Elnior souriait ; la véritable vertu est indulgente ; elle versait à boire, et Roch jurait que le vin lui semblait meilleur.

Nous savourions avec délices le plai-

sir de nous retrouver ensemble, lorsqu'un roulement se fit entendre. « Ah
diable, dit Roch, en se grattant l'o-
reille, déjà !... que le bon Dieu te ra-
patafiole : à peine si on a le temps de
se dire deux mots. Tiens, garçon, vi-
dons vite la bouteille, car il faut que
je décampe ; le service avant tout, tu
sais ça tout aussi bien que moi, et je
suis dans ce moment trop en odeur de
sainteté pour me permettre la moindre
incartade contre la discipline ; mais
c'est égal, nous nous reverrons au feu :
c'est la place des braves gens, je suis
sûr de t'y trouver ; fais ton chemin,
je ferai le mien, c'est certain, car
voilà la raison qui m'arrive : je ne bois
plus de vin, il est vrai qu'il ne vaut
rien ; je ne fais plus de farces avec les
femmes, il est vrai que celles de ce
pays sont si.... je ne dis qu'ça ; à ta

santé , embrasse-moi , et au revoir....
Madame , j'ai bien l'honneur.... »

Il s'assura , avant de partir , si la
bouteille était vide ; nous le condui-
sîmes au quartier-général ; là il nous
renouvela ses adieux , m'embrassa encore une fois , présenta ses respects
d'un air gauche à Elnior , et nous
quitta.

Lorsque les troupes eurent défilé
devant le prince , nous nous fîmes
présenter à lui , et il nous reçut avec
cette aménité , cette affabilité qui fait
la base de son caractère.

« Je n'ai pas en ce moment , nous
dit-il , le nombre de mes aides de camp
au complet ; grace à ce que l'on m'écrit
en votre faveur , monsieur , je ne rem-
plis qu'un devoir en vous attachant à
ma personne ; si je confère le même
grade à votre jeune frère , c'est dans

l'espoir qu'il justifiera ma confiance.

« — Prince , je réponds de lui comme de moi-même , lui répliquai-je. »

Elnior s'inclina ; elle n'osa pas répondre , craignant que son émotion ne vînt à la trahir.

« Allez vous reposer , ajouta-t-il , vous devez en avoir besoin. »

Nous reposer.... nous n'y pensions seulement pas. A peine fûmes - nous seuls , qu'Elnior se jeta dans mes bras.

« Tu as entendu le prince Eugène , me dit - elle , il m'a déclaré que te suivre était mon devoir , donc je te suivrai partout où le courage et la témérité pourront t'entraîner ; et maintenant j'exige que tu me promettes par ce que tu as de plus cher et de plus sacré , que tu ne me cacheras aucun de tes projets , et que tu n'entreprendras rien sans moi.... fais-moi cette promesse, ou le sourire disparaîtra pour jamais des lèvres de ton amie.

— Chère Elnior, qui pourrait te refuser quelque chose ?

— Tu promets donc....

— Oui, je jure de ne te rien cacher, de ne rien entreprendre sans toi, je te le jure au nom de mon père, de ma mère, et de toi, c'est ce que j'ai de plus cher et de plus sacré sur la terre. »

Les plus doux épanchemens, les heures les plus fortunées succédèrent à l'engagement que nous venions de prendre ; jamais, je crois, l'amour ne nous avait embrasé d'un trait plus ardent ; rien ne pouvait apaiser les torrens de flamme dont nous étions dévorés.

« Sois heureux, me disait-elle dans

ces momens où l'ame semble s'être éle-
vée jusqu'aux régions célestes ; sois
heureux : des craintes mutuelles et
fréquentes ne vont pas tarder à tourmenter nos cœurs ; et qui sait où et
quand nous aurons le bonheur de retrouver la douce tranquillité, qui est
encore aujourd'hui notre partage.

— Oui, lui disais-je, en la pressant
tendrement contre mon cœur, oui,
mon Elnior, tu as parfaitement raison,
jouissons d'aujourd'hui, car demain ne
nous appartient pas, il ne nous appar-
tiendra peut-être jamais.

FIN DU SECOND VOLUME.

www.ingramcontent.com/pod-product-compliance
Lightning Source LLC
Chambersburg PA
CBHW061443030726
47503CB00005B/1539